だいわ文庫

言葉の園のお菓子番

復活祭の卵

ほしおさなえ

大和書房

言葉の園のお菓子番
目次

言葉の園のお菓子番

復活祭の卵

人物紹介

豊田一葉　もとチェーン書店の書店員。祖母の縁で連句会「ひとつばたご」に参加する。いまはポップ作成の仕事をしながらブックカフェ「あずきブックス」で働いている。

豊田治子　一葉の祖母。故人。「ひとつばたご」ではお菓子番を名乗っていた。

＊連句会「ひとつばたご」メンバー

草野航人　「ひとつばたご」主宰。印刷会社勤務。大学時代、吉田冬星から連句を教わる。

岡野桂子　俳句結社に所属。

手嶋蒼子　出版社の校閲室に勤務。夫の茂明を病で失っている。

神原直也　カルチャーセンター勤務。

中村悟　弁護士で歌人。川島久子の弟子。

松野陽一　SEとして働いている。

秋山鈴代　広告代理店勤務。

宮田萌　「あずきブックス」カフェの焼き菓子を請け負っている。

大崎蛍　大学生。川島久子の教え子。

大崎海月　高校生。蛍の妹。

＊その他連句関係

川島久子　歌人。大学、カルチャーセンターなどで短歌を教えている。

吉田冬星　航人、治子、桂子の連句の師匠でかつて連句会「堅香子」の主宰。故人。

上坂柚子　小説家。川島久子の友人。マンガ家から転身し、シリーズものを多く手がける。

＊ブックカフェ「あずきブックス」関係

中林泰子　店主。孫娘の怜とともにブックカフェを立ち上げた。

岸田真紘　カフェ担当。

耳を動かす

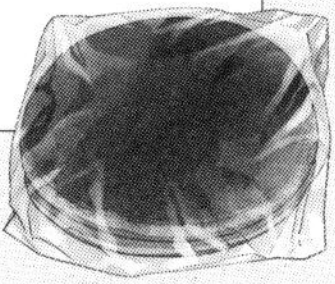

1

九月になった。暦の上では八月はじめの立秋から秋ということらしいが、九月になってもまだ暑い。着るものは当然半袖。でもなんとなく、かき氷はもうちがうかな、という気持ちになっている。

勤めていたチェーンの大型書店が閉店し、しばらくフリーでポップを書く仕事をしていたが、去年の終わりから「あずきブックス」というブックカフェで働くようになった。

ここがふつうの新刊書店だったころに店を切り盛りしていた泰子《やすこ》さんとわたしが書店の仕事にあたり、泰子さんの孫娘の怜《れい》さんがはじめたカフェの方は、怜さんが産休にはいったため怜さんの友だちの真紘《まひろ》さんにまかされていた。

カフェのメニューは日本茶中心。甘味のフードはパフェや焼き菓子が定番だが、夏のあいだは真紘さん特製のかき氷が出る。抹茶、いちご、桃の三種類があり、抹茶にはあずきが添えられ、いちごと桃には果物を煮詰めて作ったシロップ（大きめの果肉入り）。好みで練乳もプラスできる。

しかも、なにより素晴らしいのはラージとスモールがあることだ。ラージにはどれもアイスクリームがのっていて、抹茶には白玉と栗、いちごと桃には生の果肉がのっている。てんこ盛りで魅力的だが、ごはんのあとは食べきれないのでスモールを選ぶなんてこともできるのだ。

夏のあいだ、わたしはすっかりこのかき氷にはまってしまい、週三くらいの割合で食べていた。もちろんふだんはスモールの方である。お昼ごはんをお弁当にして節約し、お茶を頼む代わりにかき氷を頼んだ。シーズンのあいだにラージも一度ずつ食べ、至福だった。

しかし、九月にはいってしばらくすると、もうかき氷じゃないな、と思った。それはたぶん、外の木や草の葉が少し疲れてしなびてきている感じや、蟬《せみ》の声が少なくなっていること、日が短くなってきていることに関係しているんだと思う。

真夏でも、強い日差しのせいで葉っぱが少しぐんにゃりしてくることはあるけれど、雨が降ればまたぴんぴんになる。夏の植物には生命力がみなぎっている。増えよう、伸びよう、大きくなろう。全身でそう言っているみたいに見える。

でもいつのまにか、日焼けして枯れた葉がちらほら見えるようになり、影の形も変わってくる。気温はあいかわらず高いけれど、太陽がもうそこまで高くあがらないのだろう、日差しも少し弱くなる。

そうなると不思議なもので、キンキンに冷えたかき氷という気分ではなくなってきて、温かい飲み物と焼き菓子を頼むようになっていた。


「一葉《かずは》さん」

夕方、書棚を整理していると、レジにいる店主の泰子さんに声をかけられた。さっきレジを済ませたお客さんが出ていって、店内にはだれもいない。

「ちょっと相談があるんだけど」

「はい、なんでしょう?」

「次の店内イベントのことなんだけどね」

今年の五月、あずきブックスの店内でトークイベントを開催した。ゲストは歌人の川島久子《かわしまひさこ》さんと、小説家の上坂柚子《かみさかゆず》さん。

久子さんはこの近くに住んでいて、あずきブックスの常連でもある。久子さんと知り合ったのはわたしが通っている連句《れんく》会「ひとつばたご」の席で、実はあずきブックスが書店員経験者を探していることも、そのとき久子さんから教えてもらったのだ。

柚子さんは久子さんのむかしからの知り合いで、久子さんが連句会に連れてきた。

これから江戸時代を舞台にした小説を書くところで、江戸時代にはやっていた俳諧《はいかい》について知るために、俳諧をもとに作られた連句を体験したいと考えたらしい。

　連句の席で、久子さん、柚子さんを中心に少女マンガ談義がはじまり、ひとつばたごの常連の鈴代《すずよ》さん、萌《もえぎ》さんたちも加わって話が盛りあがった。それであずきブックスでトークイベントを開くことになった。

　はじめてのイベントだったが、久子さんと柚子さんのおかげでなかなかの好評で、第二弾も、という話になった。だがその後柚子さんが新作の執筆にはいってしまったため、具体的な話には進んでいない状態だ。

「柚子さんからまだ連絡がないんです。新作完成の目処が立たないと身動きが取れないっておっしゃってたので……」

「うんうん、それは久子さんから聞いてるよ。少女マンガイベントの第二弾もぜひ開催したいところなんだけど、今日はそれじゃなくてね」

　泰子さんが言った。

「この前、常連のお客さんから、あのトークイベントがすごく楽しかった、マンガ以外の話も聞きたい、って言われたんだよ」

「マンガ以外の話ですか？」

「うん。久子さんも柚子さんも作家でしょう？　あのときけっこうご自身の創作の話もされてて、それがおもしろかったんだって」

トークイベントの最後の方は、柚子さんがマンガ家から小説家に転向したエピソードや、久子さんと柚子さんの創作スタイルのちがいなど、ふたりの創作にまつわる話もあった。

「そのお客さん、自分でも短歌を作ってるんだって。それで短歌の創作がらみの話を聞けたらうれしいって。久子さんにお願いできないかな」

なるほど、と思った。そういえば、前回のイベントのあと、わたしも久子さんに短歌のイベントのことを打診したんだった。

「おもしろそうですね。たしか久子さんは短歌の解説書や入門書も書かれていたような」

「真紘さんもやってみたいって。短歌や俳句のことはよくわからないけど、この前の久子さんの話は楽しかったし、元気が出た、って」

「でしたらわたしから久子さんに訊《き》いてみます。この前のイベントのときも、連絡はわたしがしましたし」

「ほんと？　助かるよ。じゃあ、一葉さんがあずきブックスのイベント担当ってことにしよう」

泰子さんが言った。

「え、イベント担当？」

一瞬、そんな大げさな、とあわてた。だが考えたら、本の発注も、会計も棚作りも、すべて責任者は店長である泰子さん。いまの仕事だけで手一杯のはず。

「わかりました。これからイベント担当としてしっかりやります」

そう言って頭をさげると、今度は泰子さんの方が少し驚いたようだった。

「この前のイベントも素晴らしかったし、これからは立案から一葉さんが企画を仕切ってください。回数も少しずつ増やしていきたいし」

「わかりました。予算のことも含めて、一度考えてみます」

思い切ってそう答えた。

品出しの作業が終わったあと、久子さんに依頼のメールを書いて送った。

あずきブックスで久子さんのトークイベントをおこないたい、今回はご自身の創作にまつわるお話をしてほしいという内容で、謝礼などの条件を記した上で、日程は久子さんのご都合を訊いて決めたい、と書いた。

すると、一時間もたたないうちに久子さんから返信がきた。イベントは引き受けてくれるそうで、日時や内容について一度打ち合わせに行きたいという。何度かやり取りをして、金曜の午後三時に久子さんがやってくることになった。

2

金曜日、棚の整理をしていると、入口から久子さんがはいってくるのが見えた。

「こんにちは」

「すみません、お忙しいのにわざわざお越しいただいて」

「いえ、ちょうど散歩もしたかったので」

久子さんが笑った。

「散歩ですか？」

「いろいろ締め切りがあるんですよ。家にいると逃れられないんですが、散歩に出れば強制的にパソコンから離れられますから」

「久子さんもパソコンでお仕事をされるんですね」

もちろんいまどき手書きの作家なんていないだろうけど、もしかしたら歌人や俳人は手書きかもしれない、となんとなく思っていた。

「そうですね、いまは手書きで原稿を書く人はあんまりいないんじゃないですか」

久子さんがふふっと笑う。

「でもスマホで書く人はいるかな。電車の中で書く人もいるとか。わたしもエッセイはパソコンだけど、短歌は外を歩きながら考えてるときもあるかも」

天井を見あげながら言った。

「散歩の最中も、見えてるものをいつのまにか短歌の形にしてたり……」

「やっぱり、そうなんですね。前に悟《さとる》さんが言ってました。久子先生は呼吸するように五七五七七を作るって」

悟さんはひとつばたごの仲間で、久子さんの短歌教室にも通っている。本業は弁護士で、すでに歌集を一冊出した歌人でもある。

「これでもちゃんと考えてるんですけどねえ」

「連句の席でも、句を作るスピードがすごく速いじゃないですか。わたしたちから見ると、久子さんは五七五七七のリズムが身体に馴染《なじ》んでるっていうか、考えたことがすぐに五七五七七の形になって出てくる、っていう印象はありますよ」

「そうですか？　うーん、どうなんだろう。でも、たしかに職業病みたいなところはあるかもですねえ」

久子さんがまた笑った。やわらかい印象だが、すごく頭の回転が速い人なんだな、と思った。論理の筋道を言葉にしないから直感型みたいに見えるけど、ほんとはめちゃくちゃ論理的に考えて句や歌を作っている気がする。

「とにかく、散歩は部屋のなかとはちがうものが見えるでしょう？　それがいいんですよ。同じ場所に居続けると、頭が固まってきちゃうっていうか。本屋さんに来ると本がたくさん目にはいって、思いつくこともありますし」

「そうなんですか」

「はじめて見る本もですけど、知ってる本でもね。家にない本を見ると、いろいろ思い出したり。言葉が言葉を連れてきてくれることもありますから」

言葉が言葉を連れてくる……。なんだか素敵な表現だ。

「あ、立ち話になってしまってすみません、カフェの方に行きませんか」

「ええ、そうですね」

久子さんがにこにこうなずいた。


カフェの方も、女性のふたり連れがひと組、おすすめ本コーナーの近くの席にいるだけだった。少し離れた席に久子さんと座った。

「かき氷も魅力的なんですけど、ショートブレッドと煎茶にします」

久子さんは長々とメニューをながめた末にそう言った。

「わたしはほうじ茶ラテにします」

カウンターに行き、真紘さんに注文を伝える。打ち合わせだし、自分の分は飲みものだけにしようと思っていたのに、ケースに入ったお菓子を見るうちにやっぱり食べたくなって、あずき入りのパウンドケーキも注文した。

「今回はトークイベントを引き受けていただいて、ありがとうございました」

久子さんの向かいの席に座り、頭をさげる。

「いいえ、こちらとしてもいいタイミングだったんですよ。十一月に新刊が出ることになっていて、イベントもその発売のタイミングに合わせられたら、と思って」

久子さんが言った。

「ちょうどいいですね。新刊があるなら販売に力を入れたいですし。歌集ですか?」

「いいえ、久しぶりに短歌の入門書なんです。だから、今回のトークイベントの内容も短歌創作にまつわるものにできたら、と思って。実際に参加者に短歌を作ってもらって、その作品についてコメントするワークショップみたいな」

「ワークショップ……。楽しそうですね。参加者の方も自分が作るとなれば張り合いが出ると思いますし」

そんなことを話していると、真紘さんがお菓子と飲みものを運んできてくれた。

「いい香り」

煎茶をひとくち飲んで、久子さんがにこっと微笑む。

「参加者に短歌を作ってもらうというのは、あらかじめ短歌を送ってもらってコメントしていく感じでしょうか」

「それでもいいですけど、そうすると短歌を作れる人しか申し込めなくなってしまいますよね。興味はあるけどまだ作ったことがない、という方にも参加していただきたいので、最初に少しお話しして、お題を出して、その場で皆さんに短歌を作って提出してもらう形の方がいいような気がしました。それで、休憩をはさんでから、わたしが作品についてコメントするんです」

「その場で作るんですか？　そんなことできるんでしょうか？」

「意外とできますよ。小学生向けの教室でも、みんなけっこう提出してました。一葉さんだって、連句の席でもいつも句を出してるじゃないですか」

久子さんが笑う。たしかに、連句会では皆その場で句を考えて出す。でもそれは前の句があるから思いつくことで……。短歌なんて書ける気がしない。

「書けた人だけ出してもらう、とかでもいいですよ。どうしても思いつかない人もいるでしょうし。それでも、そのときに書こうとすれば、考えるじゃないですか。ただ話を聞くだけより楽しいと思うんですよ」

「でも……。自分のこととして考えると、作れる気がしないんです」

「どうしてですか？　句は作れるのに」

久子さんが目を丸くする。

「連句は季節とか、恋とか、その都度課題があるじゃないですか。それに、前の句を見て思いつくこともありますし、連句は恥ずかしくないんです。会話みたいな感覚で作れるので」

「これまでに短歌を作ったことは？」

「中学生か高校生のときに授業で作っただけです。そのときも、めちゃくちゃ考えたんですけど、全然いいのができなくて。五七五七七の形にはしましたけど、ありきたりっていうか、おもしろみもなにもなくて」

「どんな歌だったんですか？」

「覚えてないんです。授業が秋だったので、夕焼けとかコスモスの花を出した気もしますけど、あまりにも平凡で……」

先生の評価も、可もなく不可もなく、という感じだった気がする。

「そうですか。たしかに短歌は、気持ちの強さが大事かもしれないですね。特別に気持ちが揺れ動いたこととか……」

これまでの人生で気持ちが揺れ動いたことがないわけじゃない。祖母が亡くなったときも、以前勤めていた書店が突然閉店になったときも、感じたことはいろいろあった。だけどそういうときは、たいてい心がお地蔵さんになっている。

感情を爆発させてしまうと、取り返しのつかないことになりそうで怖い。だから、なにかあったときはその出来事から距離を置こうとする。そのことを考えないようにして、波が去っていくまでひたすら待つ。

「恋愛とか、身近な人との別れとか。でも、それは多くの人が体験することだから、そのまま書いたらやっぱりありきたりになってしまうでしょう？　特別なことがどのように特別か、自分の気持ちにできるだけ近づいて、よく見ないといけない」

久子さんが言った。なるほど、と思う。打ち合わせなのに、すでにすごくいい話を聞いている気がする。

恋愛か。学生時代の自分は、恋愛のことなんて絶対書けなかったなあ。以前の連句の席で、大学生のころ憧れていた眼鏡の先輩のことをこっそり句に読んだけど、文字に記したのはあれがはじめてかもしれない。

人に話したこともない。先輩のことを考えるだけで心臓がどきどきして、顔が赤くなるのがわかる。口にするなんて恥ずかしくてできなかった。たとえだれもいないところでのひとりごとだったとしても。文字にするなどとんでもない。

自分の感情に向き合うことが苦手……。いや、怖いのかもしれない。

「じゃあ、こういうのはどうですか？　この前のイベントでは柚子さんとの対話形式でしたけど、今回はわたしひとりですよね。だから、一葉さんに聞き役というか、質問役になってもらって、短歌の書き方について、短歌を作ったことのない立場から質問してもらうんです」

「それ、いいんじゃない?」

うしろから声がして、見ると泰子さんが立っていた。

「一葉さんがお客さん代表みたいな形ですよね。その方が伝わりやすくなると思うし、久子さんとしても話しやすいんじゃないですか」

「そうですね、ひとりでは気づかないようなことを思いつくかもしれませんし」

「でも、わたしの場合、なにがわからないのかもわからないんですけど」

「そこは大丈夫ですよ。基本はわたしが短歌を作ることについて話して、一葉さんはわからないことがあったら質問するだけ。わたしが先生で、一葉さんは生徒、みたいな感じですね」

「なるほど……。それならなんとかなる……かもしれません」

そう答えたものの、不安でいっぱいだった。ちゃんと質問できるように、イベントまでに短歌の入門書を何冊か読んでおこう、と思った。

久子さんの都合を聞いて、イベントは十一月の第二金曜日の夜と決まった。久子さんの新刊の配本予定日の一週間後である。新刊の刊行記念トークショーと銘打った方が集客が見込めるし、新刊の販売にも結びつけやすい。

打ち合わせが終わったあと、久子さんにおすすめを聞き、短歌の入門書を数冊買った。久子さんが書いた本と、年配の歌人が書いたもので久子さんが定番と言っていた本。それから六月の連句会に参加した歌人の啓《けい》さんが書いた本。

啓さんの本は中高生向きらしく、前書きからしてわかりやすく、ほっとした。超初心者のわたしでも、これならなんとかなりそうな気がした。

3

夜、自分の部屋に戻ってから、買ってきた本を開いてみた。まずは啓さんの中高生向けの入門書から。読みやすい文体で、参考として取りあげられている短歌もわかりやすく、するする読み進めることができる。

でも、読みながら自分で短歌を作ってみようとすると、やはりなにも思いつかない。本に載っている短歌はどれも魅力的だが、こんなものが自分に作れるとはまったく思えないのだ。

五七五だけ、七七だけならなんとかなる気もするが、五七五七七となるとすごく長く感じる。わたしには短歌の才能がないということなのかもしれない。

本を閉じ、お茶でも淹《い》れようとキッチンに行く。父と母はリビングのテレビで映画を見ている。話しかけるのも悪い気がして、ひとりポットでお湯を沸かす。茶葉を入れた急須にお湯を注いでいるとき、ふいに「キッチンにテレビの音が満ちていて」という五七五が浮かんだ。

キッチンにテレビの音が満ちていて喉は渇くが歌はできない

あ、できた。

本に載っている短歌をいくつも読んでいたおかげだろうか。とりあえず五七五七七の形にはなっている。

湯呑みを持って急いで部屋に戻り、ノートに書きつけた。その字面を見て、うーん、とうなる。五七五七七にはなっているけど、これは短歌と言えるのか？

短歌。短歌ってなんだ？　下手でも「短歌」と言えるものと、「これは短歌じゃない」というものがあるんだろうか。根本的なことがわかっていない気がする。

百人一首だったら少しは知っているんだけど。祖父が生きていたころは、お正月になると祖母や母やいとこといっしょに必ず百人一首のかるた遊びをしていたから。

祖父の家は子どものころお正月に必ず百人一首をしていたようで、祖父は歌をそれっぽく読みあげるのが得意だった。だから百人一首というと、祖父がかるたを読みあげる声が浮かんでくる。

祖父には三人のきょうだいがいて、祖父の父が読みあげる札を四人で競って取るという遊びをしていたらしい。本格的な競技かるただと、ふたりで向かい合い、それぞれの陣地に二十五枚ずつ札をならべるようだが、そこまではせず、下の句の札が百枚すべて畳の上に広げられ、その周りを囲むように子どもたちが座る。たくさん取った人が勝ち、というルールだ。

当然、こういう遊びの場合、年上の方が有利である。祖父は上から三番目で、どうしても上のふたりに勝つことができず、毎年相当悔しい思いをした。どうしても勝ちたくて、ひとりでこっそり練習したらしい。

——まず大事なのはな、「む・す・め・ふ・さ・ほ・せ」だよ。

祖父はそう言った。

百人一首の取り札には下の句しか書かれていない。だが、読みあげるのは上の句から。だから、札を速く取るにはコツがいる。そのために覚えるのが決まり字と呼ばれるものだ。

なかでも「むすめふさほせ」は、上の句の最初の一文字目がその歌ひとつしかないため、一枚札と呼ばれる。「む」といえば寂蓮法師《じゃくれんほうし》で「むらさめの露もまだひぬまきの葉に霧たちのぼる秋の夕暮」と続く。

「す」は藤原敏行朝臣《ふじわらのとしゆきあそん》の「すみのえの」、「め」は紫式部《むらさきしきぶ》の「めぐりあひて」、「ふ」

は文屋康秀《ふんやのやすひで》の「ふくからに」、「さ」は良暹法師《りょうぜんほうし》の「さびしさに」、「ほ」は後徳大寺《ごとくだいじの》左大臣《さだいじん》の「ほととぎす」、「せ」は崇徳院《すとくいん》の「せをはやみ」。

だから取り札がならべられたら、まずこの「むすめふさほせ」の下の句が書かれた札の位置を探し、覚える。それでたとえば読み手が「む」と言ったら、「きりたちのぼるあきのゆふぐれ」の札を取るのである。

だが「むすめふさほせ」は上のふたりも覚えているから、これを取るのはむずかしい。それで祖父は最初の一字で二首にしぼれる二枚札「う・つ・し・も・ゆ」と、三首に絞れる三枚札「い・ち・ひ・き」をねらうことにした。

結局最後までいちばん上の兄に勝つことはできなかったけど、次兄には勝てるようになったんだよ、と自慢げに言っていた。

年に一度のお正月の遊びだから、わたしはそこまで本気になることはなく、「むすめふさほせ」を覚えるくらいだったが、みんなで百人一首をするのは好きだった。ふだん聞いているのとはちがう言葉の響きがおもしろかったのだ。

「いでし月かも」とか「われならなくに」とか「神のまにまに」とか「瀬々《せぜ》の網代《あじろ》木《ぎ》」とか「沖つ白波」とか。とくに好きだった歌は「あしびきの山鳥の尾のしだり尾のながながし夜をひとりかも寝む」で、意味はわからないけれど聞いていて楽しいと思っていた。

どういう意味かわからず祖父に訊いたこともあったが、祖父は首をかしげた。

——意味？　意味は全然わからないなあ。考えたことがなかった。札を取るのに関係ないからね。

それもそうだな、と妙に納得してしまい、わたしも意味のことは深く考えなくなった。「鹿ぞなくなる」は鹿がいなくなることだと思っていたし、「あはれ今年の秋もいぬめり」の「いぬ」は犬のこと、「憂しと見し世ぞ今は恋しき」の「うし」は牛のことだと思っていた。

だから、中学時代の国語の授業で百人一首の歌の意味を習って、この歌、そういう意味だったのか、と驚くことも多かった。そのときに好きになったのは「白露に風の吹きしく秋の野はつらぬきとめぬ玉ぞ散りける」。その様子を想像して、なんてきれいでかっこいいんだろう、と思った。

しかし、意味がわかるようになってみると、なんてことないことしか言ってないんだな、とも思った。子どものころ好きだった「あしびきの山鳥の尾のしだり尾のながながし夜をひとりかも寝む」も、結局「わたしは長い夜をひとりで寝ることだろう」ということしか言ってない。

しかし、この持ってまわった比喩表現がふくらみを出しているんだよなあ。ということは、ポイントは比喩ということなんだろうか？

買ってきた短歌の本を見返す。そこに取りあげられている歌は、百人一首の和歌とは雰囲気がちがう。言葉が現代的だし、飛躍も目立つ。でも、比喩がポイントになっているところは共通している気がした。

そして、歌のなかに強い気持ちがこめられていることも。悲しみとか怒りのように簡単に名づけられない、だがとても強い気持ち。どの歌からもそういうものが感じ取れた。それにくらべると、さっきキッチンで作った歌からは気持ちが感じ取れない。

ここで大事なのはなんだろう？　短歌を作れない、ということ？　いや、大事なのは作れないことそのものではなく、短歌がなんだかわからない、ということかもしれない。わからない、というのは、気持ちとはちょっとちがう気がする。

本に取りあげられている素敵な歌はもっとこう、書いた人が抱えている想いが、歌からあふれて伝わってきた。

考えても考えても結局なにも思いつかず、ぱたんとノートを閉じた。

4

連句会の日がやってきた。

連句会ひとつばたごに通うようになって一年半が過ぎた。

ひとつばたごはもともと祖母が通っていた連句会だ。勤めていた書店が閉店して実家に戻ってきたとき、亡くなった祖母のノートからお菓子の名前が書かれた紙が見つかった。

裏に書かれていた「自分が死んだあと、このお菓子を持って連句会の皆さんにあいさつに行ってください」というメモにしたがってお菓子を持って訪れたところ、なぜか連句を巻くことになり、その楽しさに目覚め、毎月通うことになった。

祖母はひとつばたごのお菓子番を名乗っていた。紙には十二ヶ月分の定番のお菓子の名前が記されており、最初の一年は毎月その通りのお菓子を持っていった。

だが、今年の春からは別のお菓子も選ぶようになった。きっかけになったのは桜餅の月に餡子《あんこ》が苦手な参加者がいたことなのだが、そのとき連句会の先輩メンバーから、メモに縛られない方が祖母の意に沿うのではないか、とアドバイスされた。

祖母もときによりお菓子を替えていたようだし、メモ通りのお菓子を持っていくだけというのは機械的すぎる気もした。祖母がわたしにしてほしかったのは、自分が決めたお菓子をそのまま持っていくということではなく、わたしがお菓子番を継ぐということかもしれない、と思った。

それでその月のメンバーの好みも考え、ときどき定番以外のお菓子を選ぶようになった。だが、今月のお菓子だけは祖母の定番を守りたかった。「うさぎや」の「どらやき」である。祖母はこのどらやきを「しあわせの味」と呼んでいた。その話をしたときの祖母の顔がいまだに忘れられない。今月は餡子が苦手な人もいないし、うさぎやのどらやきと決めていた。

賞味期限は翌日までだが焼きたてがいちばんなので、連句会の当日、午前中に根津《ねづ》の家からバスで上野に出てうさぎやでどらやきを買い、そのまま連句会が開かれる大森《おおもり》に向かった。連句会の主宰《しゅさい》の航人《こうじん》さんが大田区在住なので、連句会は大田区の公共施設で行われることが多いのだ。

その日の会場は、大森の大田文化の森。もう何度も行ったことがある場所だ。駅から歩いていくこともできるが、まだ暑いし、どらやきもあるのでバスに乗った。うしろのふたりがけの窓際の席に座って、窓の外の景色をながめる。

アーケード商店街が続いて、古くからあるようなお店、シャッターが降りたままのお店の合間に、いまどき風のしゃれたパン屋さんが見えたりする。短歌が作れたら、こういう風景を自分なりに表現することもできるのかもしれない。

あれから久子さんや啓さんの書いた入門書を読んだ。そこに出ている短歌には印象的な表現で独特の感情がうたわれている。すごいなあ、と感心するけれど、すぐ、わたしにはこんなことは思いつかないなあ、と情けなくなる。

なにを見ても、あたりまえのことしか思いつかない。道沿いにならんだ店の看板をながめながらため息をついた。

バスを降り、前の広場を抜けて大田文化の森の建物にはいった。エレベーターに乗り、会場の集会室がある階にのぼる。ドアを開けると、主宰の航人さんのほか、常連の桂子《けいこ》さん、蒼子《そうこ》さん、萌さん、蛍《ほたる》さんの姿があった。

萌さん、蛍さんといっしょに給湯室に行き、お茶の準備をする。お湯を沸かし、急須、湯呑み、茶托をお盆にならべる。蛍さんが集会室までお盆を運び、萌さんとわたしはお湯が沸くのを待ってポットに移した。

わたしたちが集会室に戻ると、鈴代さん、陽一《よういち》さんが来ていて、短冊《たんざく》をセットしたり、みんなの持ってきたお菓子をならべたりしていた。人数分のお茶を淹れ、席に置いていく。今日は直也《なおや》さんはお休みらしい。悟さんもやってきて、全員席についた。

「じゃあ、はじめましょうか。発句《ほっく》は秋ですね」

航人さんの言葉に、みな短冊を手に取る。

連句とは複数の人が集まって五七五の句と七七の句を交互に付けていく遊びである。ひとつばたごでは、メンバーそれぞれが考えた句を出し、「捌《さば》き」がその場にいちばんふさわしい句を選ぶ「付け勝ち」という方法を取る。

句を選ぶ「捌き」は、式目《しきもく》と呼ばれる連句のルールを熟知している必要があり、ひとつばたごではいつも主宰の航人さんが捌きをつとめている。

航人さんによれば、捌きも本来慣れればだれにでもできるものらしい。常連の桂子さんや蒼子さんや悟さんは捌きをしたこともあるそうで、航人さんからは皆さんも一度捌いてみるといいですよ、と言われている。わたしはまだまだ無理な気がしているが、萌さんはやってみたいと思っているようだ。

いちばんはじめの句は発句という。俳句というのは明治になってから生み出されたものらしい。江戸時代の人たちが楽しんでいたのは五七五と七七をつなげていく俳諧で、俳句は俳諧の発句だけを独立させたもの。俳諧は明治になって廃れてしまったのだけれど、それを現代によみがえらせたのが連句なのだそうだ。

発句は五七五。そして、いまの季節を詠《よ》む。挨拶《あいさつ》句なので、ここに来るまでの道中で見たものを詠むといい、と教わった。

「暦の上ではもう仲秋《ちゅうしゅう》だけど、まだ暑いわよねぇ」

桂子さんが笑いながらペンを握る。桂子さんはすでに何冊も句集を出している俳人で、句を作るのも速い。そのままさらさらっと短冊に句を書いて、航人さんの前にさっと出した。

「『秋晴れや商店街を闊歩《かっぽ》せり』。いいですね、勢いがあるし、広がりもある」

航人さんが言った。

「闊歩っていう言葉が桂子さんらしいですよね」

蒼子さんが微笑む。蒼子さんは出版社の校閲室で働いている。毎回の連絡を受け持ってくれていて、ひとつばたごの番頭のような存在だ。

「この年になると、闊歩するといっても小さな商店街がやっと、ってことなのよ」

桂子さんが笑った。

「でも、桂子さんはいまでも海外旅行にも行かれてるじゃないですか。山にも登ったって。いつもすごいなあ、と思ってるんです」

蒼子さんが言った。七月の連句会で、桂子さんがノルウェーに行った話を聞いたばかりだった。

「海外旅行もねえ、いつまでできることか」

桂子さんはふぉふぉふぉっと笑った。

「大森の商店街はいいですよね。歩いているとのんびりした気持ちになります」

悟さんが言った。

「古い商店街ですけど、代替わりであたらしい店になってるところもある。新旧混ざっているあたりもおもしろいですよね」

陽一さんがうなずく。陽一さんはフリーのシステムエンジニアだが、以前は全国各地に移り住んでいたという話で、なにかと謎の多い人である。

「まだ一句しか出てませんけど、ほかに書いている途中の人はいますか？」

航人さんがぐるりと見まわすと、みんな首を横に振った。

「大丈夫です。考えてる途中でしたけど、まとまりそうにないですし」

蛍さんが言った。蛍さんは大学生。久子さんの教え子で、小説も書いているみたいだ。この前新人賞に落選したと言ってしばらく落ちこんでいたけれど、もうすっかり立ち直ったように見えた。

「すごく素敵な句ですし、いいと思います」

鈴代さんもにっこり微笑む。

「じゃあ、発句はこちらにしましょう。次は脇《わき》ですね」

航人さんが言った。

連句では一句目を「発句」、二句目を「脇」という。むかしは「客発句、脇亭主」と言われていたらしく、その日のゲストが発句を作り、捌きが脇を付けるのが本来の形だった。

だが、ひとつばたごではそこにはあまりこだわらない。ゲストのような人がいるときは、発句をゲストにお願いして航人さんが脇を付けることもあるが、今日のように常連だけのときは、発句も脇もだれが付けてもいいことになっていた。

「脇は体言止《たいげんど》めですよね」

確認するように萌さんが訊く。

「そう。七七で体言止め。もう皆さん覚えていると思いますが、発句と同じ季節、同じ場所。発句と脇でひとつの世界を作るのがいいとされています」

つまり、秋の季語《きご》がはいっている七七の句だ。

商店街を闊歩している人……。バスから見ていた風景を思い出す。アーケード商店街にならんだ店のことを考えながら短冊を見つめた。

そういえばおしゃれなパン屋さんが見えたっけ。それから小さな電器屋さん。あと自転車のお店や郵便局もあったなあ。でもお店を詠むだけじゃなくて、秋の季語を入れなくちゃならないんだった。

秋の季語……。手元の歳時記《さいじき》の秋のページを開く。

めくっていくと、芋や自然薯《じねんじょ》、南瓜《かぼちゃ》や秋茄子《あきなす》のような作物の名前が出てきた。枝豆という言葉もあって、心惹かれた。枝付きの枝豆を買って袋に入れて、商店街を闊歩する、というのはどうだろう。でも「枝付きの枝豆」だと長すぎて、七七にまとめるのがむずかしそう……。

あれこれ試しながら考えた末、「トートバッグの中の枝豆」という形にまとめて短冊に書く。買い物用だからエコバッグの方がいいかも、と思ったが、トートバッグの方が語呂がよかった。航人さんの前にはすでにいくつか句が出ていたが、その横にそっと置いた。

「今回もいい句が多いですね。『狗尾草《えのころぐさ》と遊ぶ黒猫』も発句との取り合わせとしてはいいんですが、商店街らしさにちょっと欠けるかな。月を出した人もいますね。『瞳の中に映る満月』」

航人さんが言った。

「そっか。秋だから月を出さないといけないんですね」

萌さんがつぶやく。

「『素秋《すあき》を忌《い》む』って言って、秋が出たら必ず月の句を入れなくちゃいけない。表《おもて》の月の定座《じょうざ》は五句目だけど、発句が秋の場合は、秋を五句目まで引っ張るのはちょっと長いし、月はできれば第三《だいさん》までに出したい」

「短句《たんく》でもいいんですよね」

萌さんが訊いた。

「そうそう。花は五七五じゃないといけないけど、月は七七でもいい。月はあげてもこぼしても良いと言われていて、定座より前にズレても後にズレても大丈夫。花はあげるのは良いがこぼすのはいけないと言われてます」

連句で大事にされているのは月と花。ひとつばたごでいつも巻いている歌仙《かせん》という形式では三十六の句がならぶ。そのなかで花の句を二回、月の句を三回詠む。どれも詠む場所がだいたい決まっていて、それぞれ月の定座、花の定座と呼ぶ。

「じゃあ、『瞳の中に映る満月』はちょうどいいですね」

「闊歩する人と雰囲気もよく合ってると思います。でも、発句の季語が『秋晴れ』でしょう？　昼間のイメージが強いですよね。夜でも晴れと言えないことはないけど、ここはより昼間の印象の強いこちらの句にしようと思います。『トートバッグの中の枝豆』」

航人さんが読みあげる。

「なるほど。商店街を闊歩する人が枝豆のはいったトートバッグをさげてる、って感じですね」

陽一さんが言った。

「楽しそうでいいですね。レジ袋じゃなくて、トートバッグっていうところが軽快で、ちょっとおしゃれな感じもします」

悟さんがうなずいた。

「エコバッグを忘れて仕方なく書類のはいったカバンに野菜を入れたこと、ありますよ。そういう雰囲気があるのも親しみが持てるな、って」

萌さんが笑った。

「じゃあ、ここは枝豆の句にしましょう。これはどなたの句ですか？」

航人さんが訊く。最初に句を出すとき、短冊に名前は書かない。さっきの発句のようにひとり出してすぐに決まったときはだれの句かわかるけれど、今回のように短冊がならんだときはこうしてあとで書き手を確認する。

「わたしです」

そう言って、手をあげた。

秋晴れや商店街を闊歩せり　　桂子
トートバッグの中の枝豆　　一葉

蒼子さんがホワイトボードに句を書き出した。

5

「じゃあ、次は第三ですね。これまでの二句から大きく離れて、あらたに仕切り直すような句が良いとされてます」

航人さんが言った。

「もう月も入れないといけない」

航人さんの言葉に萌さんがうなずく。

「『素秋を忌む』でしたね。じゃあ、ここでは絶対月の句ってことですね」

「月がどうしても出なくて、四句目の短句で月を出すこともありますけどね。でも、月を大事にすると考えると、ここで出すのが望ましいかな」

航人さんが答える。

何度も通って式目というものにも少しずつ慣れてきたが、まだ完全に覚えたとは言えない。

「月は秋の季語なので、ただ月といえば自動的に秋になる、ということですよね」

萌さんが訊くと、航人さんが、そうそう、とうなずいた。

歌仙のなかでは、秋以外の季節の月を詠まなければならないときが必ず一度ある。そのときは、春なら「春の月」や「朧月《おぼろづき》」、夏なら「夏の月」や「月涼し」、冬なら「冬の月」や「凍月《いてづき》」「寒月《かんげつ》」など、その季節の月の季語にしなければならない。

「質問なんですが、月のほかに秋の季語を入れるのは良くないんでしょうか」

陽一さんが訊いた。

「そうですね、それはいわゆる季重なりになってしまうので……。俳句ではあまり良くないとする人が多いですね」

　航人さんが言った。

「季重なりは絶対ダメって言う人もいるけど、結社《けっしゃ》にもよるわねえ」

　桂子さんが言った。

「季重なりってどうしてダメなんですか」

　蛍さんが訊いた。

「季語は俳句の主役ですからね。短いなかに主役がふたりいるとケンカしてしまうでしょう？　でも、季語にも強いものと弱いものがあったり、おたがいに生かし合うことができる場合もあるから、絶対にダメとは言えない」

「そうなんですね」

「とはいえ、季語の強い弱いは熟練した書き手じゃないとわからないところもあるし、初心者は避けた方がいいって言われるけど」

　桂子さんが答えた。

「ルールというのはむずかしいですよね」

　航人さんが言った。

「連句の式目も同じで、式目を固定のルールみたいにして進める人もいますが、冬星《とうせい》さんは、そのときの流れの方を大事にするという考え方の人でしたから。自他場《じたば》が打越《うちこし》で重なるのはダメだけど、季節の位置がズレることには寛容でした」

航人さんが言った。冬星さんというのは、航人さんの連句の師匠《ししょう》にあたる。ひとつばたごの前身である「堅香子《かたかご》」の主宰で、もう十年以上前に亡くなっている。祖母も堅香子のメンバーで、最初は冬星さんから連句を習ったのだ。

「それは、自他場の方が重要ってことなんですか？」

鈴代さんが訊く。

「自他場っていうか、打越と題材や趣向が似るのを避けることが連句の基本の精神ですから」

航人さんが言った。

打越というのは、前の前の句のことである。連句は、前の句には付くが、前の前の句からは離れる、という考え方でできている。前に進み、後に戻らないために、前の前の句と題材や趣向が似ることを嫌うのである。

そして、その基準となるのが自他場という考え方だ。連句の世界では、句の種類を大きくふたつに分ける。人がいる句と人が出てこない句。人がいる句を「人情《にんじょう》あり」と言い、人が出てこない句を「人情なし」という。

人情なしの句を「場」の句という。人情ありの句はさらに三つに分かれ、自分のことを詠んだ句を「自」、他人のことを詠んだ句を「他」、自分と他人両方が出てくる句を「自他半《じたはん》」と言い、全部あわせて四種類ということになる。これを打越、つまり前々句と同じにならないようにする、というのが、連句の基本中の基本なのだ。

今回の発句は、商店街を闊歩しているのは自分と捉え、これは自の句。脇は、トートバッグのなかの枝豆について詠んだ句だから、人情なしで場の句となる。続く第三は、打越にあたる発句が自の句なので、自の句を避けなければならない。さらに「店」や「歩く」など発句と通う要素も避ける。

「冬星さんは、連句は本来、この『打越を避け、前に進む』ことだけが大事で、これさえ守れていれば別に歌仙の形式を取らなくていい、どこからはじまってどこで終わっても、この基本さえできていれば連句だと思う、と言ってました」

航人さんが言った。

「どこからはじまってどこで終わっても？」

鈴代さんが訊く。

「そうです。芭蕉《ばしょう》さんが巻いていたのも歌仙だし、歌仙が完成された形式なのはまちがいないけど、ほかにも形式はいろいろあるんですよ。長いものでは百韻《ひゃくいん》とかね。歌仙の半分の半歌仙《はんかせん》もあるし、もっと短いソネットと呼ばれる十四句の形式を考えた人もいる。さらに、そうした形式はほんとうは必要ないんじゃないか、と考えて、形式のない連句を提唱した人もいるんですよ」

「形式がない？」

陽一さんが首をかしげる。

「寺田《てらだ》寅彦《とらひこ》って知ってますよね」

航人さんが訊いた。

「はい。物理学者ですよね、明治生まれの」

陽一さんが答える。

「たしか随筆家としても有名ですよね」

悟さんが付け足した。

「そうそう。彼は連句も手がけていて、トルソという形式……いや、形式とはいえないか。形式を否定したものだから。トルソ、つまり頭もなくて手足もない、胴体だけっていう意味で、六句や三句の断片でも連句になりうる、と主張した」

「三句……？」

悟さんが驚いた顔になる。

「打越の関係が大事だから、最小の単位は三句ですね。それ以上短くなったらそれは連句じゃない。とにかく、この『打越を避け、前に進む』という三句の関係の連なりが連句のいちばんの本質で、歌仙に見られるような、ここで月とか花とか、季節はこうやってめぐって、みたいな一巻全体を外から見たルールは必ずしも必要ないんじゃないか、と」

「そうですね、連句は変化を重んじるはずなのに、なぜ月や花が毎回出てくるのかよくわからない、とときどき思ってました」

萌さんが言った。

「まあ、そこは諸説あるんですけどね。でも、三句の関係が連句の基本で、そこさえ守られていれば、あとは集っている人の気持ちの流れで、季節は多少ズレてもいいと思います。ただ、式目で定められたものはバランスよくできていて、なかなか逃れられないんですけれども」

航人さんが笑った。

「打越や自他場は三句の関係の話、季節は全体から見た決めごと。学校で言うと、季節や月花は学期や年間行事みたいなもの。打越や自他場は生徒や先生たちの日々の出来事みたいなものってことでしょうか」

萌さんが訊く。

「なるほど、似てるかもしれないですね。入学式、卒業式、運動会や文化祭はなくてはならない行事だし、それがあるから学校生活に張りが出る。思い出もそこに集中する。ふだんの生活は記録には残らないけど、ひとりひとりの成長や人間関係はそこに宿っている」

航人さんが答えた。

「行事は山場だし、それがないと学校生活というものの輪郭がぼやけてしまうけれど、個人にはそれぞれ別の生活や想いがありますからね。本質はそこにあって、月花がなくても連句になり得るということですよね」

陽一さんが言った。

「小説や物語というのは、主人公がいて一本の筋で進んでいくでしょう。因果関係があって、これがあったからこうなって、そしてこうなる、というふうに。でも現実はそうじゃないですよね。生徒、先生、そこにまつわる人、校舎や地域、それを取り巻く社会。過去もあり未来もある。それを全部描いたらとりとめのないものになってしまいます」

「でも、連句は一本の筋じゃない」

萌さんがうなずく。

「連句は出来事をさっと拾って、関連するものをくっつけて、でも次に行くときは前の前の句からはできるだけ離れるようにする。物語とはちがうけど、それも現実の世界の姿なんですよね。連句を知らない人からすれば、巻きあがった連句は支離滅裂に見えるかもしれませんが、実際に巻いている人たちにとっては、付いて離れる運動こそが楽しい」

航人さんが言った。

「そうですね、自分が作るのも楽しいですけど、人の句を見て、この句の次にこうきたか！　って思う瞬間はすっごくテンションがあがります」

鈴代さんは胸の前でぎゅっと両手の拳《こぶし》を固めた。

「こういう楽しさはほかにあまりないかもしれないですね。さあ、おしゃべりはそのくらいにして、月の句を考えましょうか」

航人さんが言うと、皆あわてて短冊に目を落とした。

わたしは脇で取ってもらったから、ここからしばらくは休んでいてもよさそう。ほっと息をつきながら、ほかの人たちが句を考えている様子をちらちらながめた。発句を出した桂子さんもわたしと同じように余裕の雰囲気で、ぱらぱらと歳時記をめくっている。

蒼子さんはみんなが話しているあいだも考えていたようで、すぐに書きあげて短冊を出した。悟さんも続けて出す。鈴代さんと陽一さんは悩んでいる様子。萌さん、蛍さんはちょっと書いたり消したりしながら書きあげて短冊を出した。

「鈴代さんと陽一さんはどうですか？」

航人さんが訊く。

「すみません、まとまらないので、ここはパスで」

陽一さんが言った。

「わたしもです」

鈴代さんが困ったように笑う。

「じゃあ、いま出ているものから選びましょうか。まず、『始祖鳥《しそちょう》の瞳に映る丸い月』。飛躍があって素敵な句ですけど、ここは第三ですから、『て』止めです」

航人さんがそう言うと、自分の句だったのだろう、蛍さんがはっとした顔で、あ、しまった、と言った。

第三は「〜して」「〜にて」「〜に」など、次に続く感じで終わると決まっている。

「『塾帰り大きな月がついてきて』。これもいい句ですが、自の句ですね。発句が自の句ですから、ここは自以外で」

「あ、そうか。忘れてた」

悟さんが言った。

「式目って、わかってるつもりでも忘れちゃいますよねえ」

鈴代さんが笑った。

「『満月が最終電車照らしゐて』と『月あかり時計静かに呼吸して』はどちらもいいですね。場の句で『て』止めだし、申し分ない。前の句との付け合いもいい。でも、最終電車の方は外の風景で、商店街に通うところがありますよね。時計の句の方は腕時計の印象を受けたけど、腕時計？　置き時計？　どなたの句ですか？」

「わたしです」

蒼子さんが言った。

「腕時計のつもりでした。うちに夫の古い手巻きの時計があって、もう長いこと巻いてなかったんですけど、この前巻いてみたら動き出して、呼吸しているみたいだなあ、って」

蒼子さんの言葉にみんなふっと黙る。蒼子さんの夫の茂明《しげあき》さんは去年病気で亡くなったのだ。以前はひとつばたごにもときどき顔を出していたので、古いメンバーとは顔見知りだった。

「それに、枝豆も好きだったんですよね」

蒼子さんが少し笑った。

「じゃあ、ここは、時計の句にしましょう。手巻きの時計は、生き物ではないのだけれど、生きているような雰囲気がありますね」

航人さんがそう言って短冊を蒼子さんに渡す。蒼子さんはありがとうございます、と言って、ホワイトボードに句を書いた。

秋晴れや商店街を闊歩せり　　　桂子

トートバッグの中の枝豆　一葉
月あかり時計静かに呼吸して　蒼子

6

次は、蛍さんのさっきの始祖鳥の句を少し変えた「始祖鳥の目をじっと眺める」という句が取られ、五句目は悟さん、六句目は萌さんの句が付いた。

むかしは懐紙《かいし》に書かれていた名残《なごり》で、歌仙には表六句《おもてろっく》、裏《うら》十二句、名残の表十二句、名残の裏六句という区切りがある。

表六句はお行儀よく、というのが連句の習わしで、表六句のあいだは、恋愛や人の死や病気、宗教や妖怪など派手な題材は詠まないと決まっている。

裏にはいったらそういう縛りは解禁になり、すぐに恋の座がはじまる。連句のひとつの山場で、恋がはじまったら何句か恋を続けることになっている。

そして、裏にはいったらお酒を飲んでもいいということになっている。昼間から大っぴらに飲むわけにもいかないので、ひとつばたごではお酒は出ない。その代わり、ここでお菓子が登場するのだ。祖母はここで出すお菓子を選ぶのが自分の仕事だと思っていた。

祖母の選ぶお菓子は会費でまかなわれていたようで、わたしが通うようになってからも蒼子さんがいつも帰りに精算してくれている。

「今日はどらやきだぁ♡」

鈴代さんが真っ先にどらやきを手に取る。

——おいしいねえ、こんなにおいしいものを食べられるんだから、ほんとに生きててよかったなあ、って思うよ。

祖母の言葉を思い出し、そのときの笑顔が頭に浮かんだ。

「やっぱり九月は治子《はるこ》さんのどらやきよね。満月みたいだからって言ってらしたわよね」

桂子さんもほくほくした顔でどらやきを頬張る。治子さんのどらやき。こうして九月になるたびにみんなが祖母を思い出してくれる。それがとてもうれしかった。

連句会のあとは二次会で駅の近くの焼き鳥屋に行った。二次会がはじまってしばらくしてから、久子さんを講師に招いた短歌のイベントをあずきブックスで開催することになったと話した。

「久子先生が教えるんですか。それはいいなあ。僕も受けたいなあ」

悟さんが言った。

「え、悟さんはもう歌集も出してるじゃないですか。それに、カルチャーセンターで久子先生の講座を取ってるんですよね？」

萌さんが突っ込む。

「でも、場所やメンバーが変わると雰囲気も変わると思いますから」

「短歌、僕は作れそうにないですね。連句もまだまだだけど、短歌となったら、自分ひとりで世界を作らないといけないんですよね。絶対できない気がする。まだ俳句の方が……」

陽一さんがうなる。

「わたしもです。久子先生の短歌の授業を受けてたんですけど、いつもあまりうまくできなくて。俳句や小説の方が書きやすかったんです」

蛍さんも言った。文才のある蛍さんでもそういうことがあるのか。

「実は、わたしもなんです。今回のイベントは、久子さんから聞き手になってください って言われていて、久子さんや啓さんの書いた入門書をいろいろ読みました。本はおもしろいし、取りあげられている歌も魅力的なんですけど、どうやって作ったのかさっぱりわからなくて」

「どういうところがむずかしいんですか？」

悟さんに訊かれ、うっと黙った。

「自分の気持ちを表現するのが苦手なのかもしれません。考えても出てこない。力の入れ方っていうか、使い方がわからない、っていう感じで。えーと、耳を動かすみたいな感じで……」

「耳を動かす？　ああ、たまに動かせる人、いますよね」

悟さんが不思議そうな顔をした。

「わたしはできないんです。耳を動かすためにどこに力を入れたらいいか、さっぱりわからない。短歌もそんな感じなんです。五七五七七の形にはなるんですけど、短歌にはなっていない気がして……。なにかコツみたいなものがあるんですか？」

「コツかあ。うーん……」

悟さんが腕組みする。

「それがわかったらだれも苦労しないですよ。僕だっていまだにいい歌を書くにはどうしたらいいか、さっぱりわかりませんから」

「いいとか悪いとかの前に、どうなったら短歌なのかがわからないんです」

「たしかに、五七五七七の形になっていたら短歌ってわけじゃないですね」

悟さんが首をひねった。

「それはもう、自分でいくつも作ってみるしかないんじゃないですか」

「え、作る？」

「そうねぇ。たくさん読んでたくさん書くしかないかもね。俳句でも言われるわよ、最初は先達《せんだつ》の句を書き写せ、とか、毎日十句ずつ作れ、とか。一日十句は厳しいけど、ある程度、数は大事かもねぇ」

桂子さんがふぉふぉふぉっと笑った。桂子さんも悟さんも、苦労せずに俳句や短歌を作れるようになったわけじゃないんだと気づいた。

「そうしたら、とりあえず短歌をたくさん読んでみることにします」

わたしはそう答えた。

「そうですね。まずは読むこと」

悟さんがうなずいた。

「一葉さんの言っていること、ちょっとわかる気がしますよ。前にも話しましたけど、僕は短歌も俳句も全然ダメで、連句だけなんです」

航人さんが言った。

「もちろん、短歌や俳句を読むこと自体は好きなんですよ。読むたびに、こういう想いを抱えている人がいるんだ、って驚く」

「わたしもそう思います。どうしたらこんな表現を思いつくんだろう、って驚くことばかりで。すごいなあ、素敵だなあ、とは思うんですけど」

自分で作ろうと考えたとたん、わからなくなる。

「向き不向きがあるのかもしれませんね。でも、耳を動かすにはどうしたらいいか考え続けるだけでも意味があるかもしれませんよ」

航人さんが笑った。

たしかに、とりあえずそれくらいしかできることがない。

これはかなりの難関だ。いまのところ手がかりひとつなく、進む方向さえ見えない。

でも、ここであきらめるのはちょっと悔しい。もう少しだけがんばってみるか、と心に決めた。

母の形の影

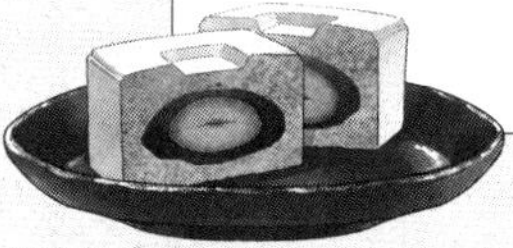

1

二次会の最中、悟さんにおすすめの歌集を訊くと、初心者でも読みやすい本を何冊か教えてくれた。

――あとですね、読書会をするといいと思いますよ。

本の紹介のあとで、悟さんはそう言った。

――読書会?

――短歌は読み方がわからないと意味が伝わってこないものも多いですから。

――たしかにそうですね。久子さんや啓さんが書かれた短歌の入門書も何冊か読んだんですが、それぞれの歌についている解釈を読んではじめて意味がわかるものがたくさんありました。

――短歌は短いですから、ふつうのことをふつうに詠むだけだと、なんだか味気ないものになってしまうんです。だから、少し気持ちを盛る、と言いますか。

悟さんはそこでなにか考えるように、うーん、とうなった。

――僕はまだ人に短歌を教えるほど短歌のことをわかってるわけじゃ、ないんです。だからうまく説明できないんですが、短い形式だから、読む人に、これはなんだろう、って思わせて引き留めるような力がないといけないんですよね。

――なるほど。

――そこで大事になるのが、比喩と飛躍で……。あ、これは久子先生の授業を受けていて僕が勝手に感じたことですから、ほんとはそんな簡単な話じゃないと思うんですけど。

悟さんはそう言って少し笑った。

――なにかの様子をあらわすのに比喩を使いますよね。そのときに「血のように赤い」とかだと読み手にとってわかりやすいけど、ありきたりでしょう？　それに、ほんとに血のように赤いのか、それは常套句《じょうとうく》なんじゃないか、もっと厳密に自分の印象に近いものがあるんじゃないか、みたいに考えていって、ふつうには思いつかないものと結びついたとき、良い歌が生まれたりする。

――少しわかります。入門書にもそんなことが書かれてました。

本の内容を思い出しながらそう答えた。

――その喩《たと》えがふつうにはちょっとわかりにくいものだったとき、小説だと、喩えは生かしながら、もう少しなにか補って、伝わりやすくしたりするでしょう？

短歌の場合はそれだけの文字数はないし、なんとかのような、みたいな言葉もできるだけ省略したいから、そのまま書く。わかりにくくなることを恐れないでいい、って久子先生によく言われました。

わかりにくくなることを恐れない。頭のなかでその言葉が久子さんの声になり、久子さんの笑顔が目に浮かんだ。

――その喩えの部分におもしろみがあるんですよね。僕はそういうのがうまくできないんですけど。

――そうなんですか？

――ええ、めちゃくちゃ突飛だけど、よく考えるとなんとなくわかる気がする、その距離感がすごいな、って思う人がいるんです。そのセンスは、運動神経みたいなもので、もう最初から決まってるような気がして。久子先生のむかしの短歌を読んだときにそう思いました。書きはじめたころから、言葉と言葉がすごく魅力的なつながり方をしているんですよ。

悟さんが想いをめぐらせるように空を見あげる。

――物事を見て、そのとき自分が受けた印象を直感でぱっと言葉にする。自分でも理屈がわからないうちにもう短歌ができていて、あとからその歌に込められた意味を理解する、そんな魔法みたいに見えたんです。

——ちょっとわかる気がします。

——でも、教室で久子先生に短歌を習ううちに、だんだん直感というだけじゃないんだな、ってわかってきて。久子先生は、ほかの人の歌を解釈するのもとても速いんですよ。ちゃんとロジックがあるんだってわかったし、それがすごい速さで展開するから魔法みたいに見えるだけで。

連句でも、久子さんは句を作るのがとても速い。わたしがようやくひとつ書きあげるあいだに、三句、四句と出していて、そのどれもがちゃんと整った形になっている。

——僕は遠くにあるものを結びつける力はそんなに強くないから、まずは身の周りにあるものをじっくり観察して、言葉にしてみようと思ったんですよ。これまで気に留めなかったちょっとした印象を大事にするようにしていたら、少しずつ歌の形にできるようになった。

——そうなんですか。

——作れるようになったのは、教室に通い出して、だいぶ経ってからですよ。日々のメモを続けているうちに少しずつ……。一葉さんが言ってた、耳の動かし方がわかってきた、っていうか。それまでそこに耳があることも意識してなかった。

悟さんが笑った。

――歌を作るようになってはじめて、ああ、こういうことも短歌にできるんだな、って思うようになった。なんだかちょっと得した気分なんですよ。ゲームでスキルを手に入れたことで、それまでただそこにあるだけだったアイテムを活用できるようになった、みたいな感じで。

――世界の見え方が変わった感じなんですね。

――そうそう。

悟さんはうんうん、と何度かうなずいた。

――でも、なかにははじめから発想が飛躍してて、すぐに短歌ができちゃう人もいるんですよね。ただそういう人と話してみると、それまでは自分の話がうまく人に伝わらなくて苦労してたり、言いたいことがきちんと言葉で表現できない、って感じてたこともあるみたいで。

――発想が飛躍しすぎていて、ほかの人に伝わらないってことでしょうか。

――そうかもしれませんね。久子先生も、ちょっとそういうところがあるのかもしれない。わりと受け身っていうか、人の話を聞いてるタイプで、自分の話ばかりし続けることはないんですよね。何度かみんなで吟行《ぎんこう》に出たことがあるんですが、あとでそのときのことを書いたエッセイを読んで、先生はあのときこんなことを考えてたのか、って驚いたことが何度もあって。

たしかに久子さんはそんなに饒舌ではない。無口ではないが、ながながと語り続ける、というようなことはあまりなかった気がする。

——それで、最初の話に戻すとですね、短歌にはそういう変わった比喩が多用されるし、一度読んだだけではわからない飛躍があったりするんですね。何度も読むことで、なるほどこういうことか、とわかる。そのときの満足感で短歌を好きになる人も多いんですよ。そのために読書会が役に立つんです。

——おたがいの読解を語り合うってことですか。

——ええ。この部分はこうなんじゃないか、ああなんじゃないか、と語り合いながら探るのが楽しみのひとつなんですよね。入門書を読むと端的に解説されてるんだけど、それを自分たちで苦労して探し出していくのがいいんですよ。

——でも、先生がいない状態だと、わからない者同士で勝手に感想を言い合うだけになってしまいませんか。

——たしかに先生がいれば、さらに深い読みを聞けたりします。でも、知り合い同士で読書会をするだけでも、ひとりで読むより読みは深まりますよ。人の意見を聞くのも大事だけど、自分の意見を言葉にする練習にもなりますから。

悟さんにそう言われ、「あずきブックス」でもちょっとやってみよう、と思った。

読書会のことを相談すると、泰子さんもはじめは先生なしでやって意味があるのか、と思ったみたいだが、それでもなにもやらないよりはマシだね、ということになった。

メンバーは泰子さん、真紘さん、わたし。いつもお菓子を作ってくれている萌さんに声をかけると、ぜひ参加したいと言われた。

あまり長い時間は取れないから、閉店後の二、三十分でできる範囲にする。イベント前日まで月、木、金の週三回。萌さんはできるときだけオンラインで参加。初心者だから、あまり欲張らず、毎回当番を決めて、その人が選んだ三首についてみんなで語り合うことにした。

名づけて「わからないなりに短歌を読み、語り合う読書会」。

はじめてみると、文学部出身の泰子さんと萌さんは、久しぶりにこういう会ができてすごく楽しい、と生き生きしていて、気づくと一時間近く話し込んでしまうこともあった。真紘さんも、最初はむずかしいと思ったけど、やってみるとけっこう楽しいね、と言っていた。

悟さんが「読書会が大事」と言っていた意味もわかった気がしたし、ひとつの歌についてみんなで語り合うのは連句会の楽しさと少し似ているのかもしれない、と思った。

月曜日の閉店後、イベントの詳細を相談するため、久子さんがあずきブックスにやってきた。あずきブックスのメンバーで読書会を開いていることを話すと、久子さんはふふふっと笑って、そうですか、それはいいですね、と言った。

「自分たちで勝手に読んでいるだけだから、読みが正しいかどうかはわからないんだけどね」

泰子さんがそう言った。

「正解はないですからね。作者自身だって、読者の読みを聞いて、そうか、自分はそんなことを考えていたのか、ってはっとするときもあるくらいですから」

「え、そんなことがあるんですか？」

真紘さんが驚いた顔になる。

「ありますよ、わたしなんかしょっちゅう。ずっと前に書いたものを見直して、あ、このときはこういうことを言いたかったんだな、って気づいたり」

「そういうものなんですか」

わたしも驚いて訊いた。

「自分の気持ちって、そのときはちゃんとわからなかったりするでしょう？　すごく怒ってるときだって、自分はこのことに腹を立ててる、ってそのときは思うけど、あとで落ち着いて考えると、原因は全然ちがうことだったりすることもある」

久子さんの言葉に、なるほど、と思う。

「自分の感情にはいりこんじゃってると、全体が見えなくなるんですよね。それが時間が経って、ふっと見えてくるときがある」

久子さんはまたふふふっと笑った。

こういう話をするとき、久子さんはあまり人の目を見ない。自分と相手のあいだにある空間の、少し下の方をぼんやり見ている。そのあたりに話す内容が浮かんでいるみたいに。

「そうですよね。自分がなにに悩んでるのかうまく言えなくて、相談相手にこういうことなんじゃないの、って言われて気づく、みたいなことはよくあります」

真紘さんが言った。

「言葉で説明できれば効率がいいんだけど、なかなかできない。子どもはとくにそう。その感情を指し示す言葉を知らないから、なんとか自分の知ってる言葉で説明しようとして、わけのわからないことを言う」

「あ、わかる、わかる。怜もそうだった」

久子さんの言葉に泰子さんがうなずく。

「わたし自身、そういうのが強い子どもだったんですよねえ」

久子さんが言った。

「幼稚園のころ、教室の窓から見える雲がすごく気になって、みんなが遊んでいるときに窓際にずっと張りついていたことがあって。先生はきっと心配したんでしょうね、『なにしてるの』って話しかけてきて『雲を見てる』って答えたら、『どうして』って訊かれて。どうしてなのかも、なんで『どうして』って訊かれたのかもよくわからなくて、そのまま固まってしまって」

久子さんが苦笑いした。

「そこで頭を切り替えて、ほかの子のところに行って遊べばよかったんでしょうけど、わけがわからなくなって、泣き出してしまった。それで母親が呼び出されて……」

「大ごとになったね」

泰子さんが笑った。

「なんか、そういうことの多い子どもだったんですよ。もしかしたら早生まれだからかもしれませんね。友だちと遊ぶのもあまりうまくできなかった。人と遊ぶのがきらいなわけじゃないけど、ルールがよくのみこめなかったんだと思います。なぜそうするのかよくわからなくて」

「なんとなくわかります。わたしも早生まれなので」

真紘さんがうなずいた。

「小さいころのこと、久子さんはよく覚えてるんですね」

「どうでしょう？　記憶力がいい、っていうわけじゃないと思うんですけど。変だな、とか、これはなんだろう、って感じたことはよく覚えている気がする。いちいち気になって、そのことで頭がいっぱいになってしまうタイプだったので」

久子さんが言った。

「短歌を作るには、その『わからないけど強い気持ち』みたいなものが必要なのかもしれませんね。短歌を読んでると、その人の『自分でもよくわからない気持ち』に、そのままはいりこむようなところがありますし」

真紘さんが言った。

「え、どういうこと？」

泰子さんが訊く。

「作者がなにか大きな出来事にぶつかって、気持ちを揺さぶられて、でも、それがどういうことかうまく説明できない。その気持ちをいっしょに体験しているみたいな感じというか」

　真紘さんは考えながら説明する。

「そうかもしれないですね。なにかあったとき、言葉では表現し切れない感情が湧く。それを拡大したり、縮小したりして、言葉の力で飛躍する。短歌は短い形式ですから、短いなかでどれだけ飛躍できるかも大切なんですよね」

　久子さんが言った。

「なるほど。自分で作るのは無理そうですけど、こういう話はおもしろいですねえ」

　真紘さんが大きくうなずいた。

「わたしもあいかわらず全然作れなくて。悟さんから話を聞いて、自分の気になったことをメモするようにはしてるんですけど、なかなか歌の形にならないんです」

　わたしはそう答えた。

「なんででしょうね。一葉さんは連句もやってるし、作れるような気がしてたんですけど……」

　久子さんがわたしを見た。

「全然ダメです。連句だと前の人の句からの連想で句ができるんですけど、ひとりだとそもそも詠みたいと思うものがないというか。さっき久子さんが話していたような違和感を持つことがあまりなかったのかもしれません」

「たしかに、短歌は人とズレがあったり、強いこだわりがあったりした方が作りやすいのかもしれませんね。でも作り方は人それぞれですから……」

連句の句を作るときも、そういう想いの芽のようなものはあると思う。だが、連句の場合はその芽をそのままぽんと出すだけでいい。しかし、短歌の場合は、それだけでは形にならず、自力でもう一歩踏み出さなければならない気がする。

「歌人の方の歌をみんなで読むのは楽しいんですけどね」

真紘さんが笑った。

「イベントでも、お客さまのなかにはふだんから短歌を作っている方もいらっしゃると思うんですけど、そうじゃない方も多いんじゃないかと。作ってみたい、でもどうしたらいいかわからない、というような」

わたしも言った。

「なるほど」

久子さんは少しうつむく。

「そうしたら、まず、下の句を想像する遊びをしましょうか」

しばらく考えたあと、顔をあげてそう言った。

「下の句を想像する遊び？」

泰子さんが訊いた。

「下の句を隠したり、下の七だけ隠したりして、そこになにがはいるか考える。もちろん作者が考えたものが正解なんですけど、ほかの人が作ったものもまちがいとは言えない。その人の創作です。当てることが目的じゃなくて、その人なりの創作をしてもらう、って感じで」

「へえ……。おもしろそう」

真紘さんがつぶやく。

「そうですね、それなら連句で五七五が出たあと、それに七七を付けるような感覚でできるかもしれないです」

わたしもうなずいた。

「考えたものを出してもらって、わたしの方でおもしろいと思ったものをあげる。それから、作者が書いたものを発表して、その歌に対する読解や、なぜそういう形になったのか考えていく。いったん自分で考えたぶん、ただ歌を読んだときより深く味わえるようになります」

久子さんが言った。

「じゃあ、まず、いくつか短歌を紹介して、一葉さんに聞き役になってもらいながら、歌の解説をする。それから七七を考える問題を出す。みんなの考えたものを出してもらって、それについて話す。正解を発表して解説したあと、創作のテーマを出してその場で歌を考えてもらって……」

「歌を作る時間はどれくらい取れるんでしょう。皆さん、十分、十五分で思いつくのかどうか……」

わたしは訊いた。

「久子さんが大丈夫なら、二回連続講座にする？　次回までに短歌を作ってきてもらって、次の回は合評会にするとか」

泰子さんが提案する。

「考える時間は増えますけど、むしろそっちの方がプレッシャーかも。一ヶ月あったってなにも浮かばないかもしれませんし。時間切れで思いつかなかったくらいの方が、できなかったときに言い訳になるかも」

真紘さんが笑った。

「そうだね。やっぱりその場で出すようにしよう。何日もあったって、そのあいだずーっと考えているわけじゃないんだから」

泰子さんも笑った。

「でもたしかに、その場で急にテーマを出されてもなにも思いつかないかもしれません。歌の形にはならなくても、日々そのテーマのことを考えて、自分のなかで言葉を膨らませておいた方がいいかも。イベントの告知のときにテーマを発表しておくというのはどうですか」

久子さんが言った。

「そうですね。そうしたら、短歌を作ったことのある方は、あらかじめ作品を考えていらっしゃるかもしれませんし」

わたしはうなずいた。

「じゃあ、そうしましょう。いますぐには思いつかないので、いくつかテーマの案を出します。イベントの告知開始はこの週末でしたよね」

久子さんが言った。

「はい。金曜の夕方には出したいと思ってます」

その日は十月の第二金曜日で、イベントのちょうど一ヶ月前にあたる。この日までには告知を出したい、と思っていた。

「そうしたら、水曜までに案を送ります。そこから皆さんの方で取り組みやすいと感じたものを選んでもらう、ということでどうですか」

久子さんの提案に皆うなずいた。

3

翌日、蒼子さんから電話がかかってきた。

久しぶりに睡月《すいげつ》さんが「ひとつばたご」にやってくるらしい。そのときにお菓子を持ってきてくださるそうなので、わたしのお菓子はお休みにしましょう、ということだった。

睡月さんというのは、ひとつばたごの前身であり、航人さんの師匠である冬星さん主宰の連句会「堅香子」のメンバーだった人だ。いまは「双羊《そうよう》」という別の連句会の主宰で、もう引退したがむかしは歯医者さんだったらしい。

亡くなった祖母と同じくらいの年代のはずだが、まだまだ元気そのもの。去年の十一月にひとつばたごの連句会にやってきて、豪快な句をいくつも出してみんなをびっくりさせていた。

「睡月さんが持って来られるのも和菓子で、かなりボリュームがあるから」

蒼子さんが言った。

「どんなお菓子かご存じなんですか？」

「ええ。睡月さんが『いつもの』っておっしゃってたから。睡月さんはね、十月の連句会に来られるときはいつもそのお菓子で、治子さんも睡月さんがいらっしゃるってわかっているときは、『土佐屋』の『いもようかん』をお休みにしてたのよね」

蒼子さんによれば、睡月さんがお菓子を持ってくるのは十月だけ。大泉学園《おおいずみがくえん》にある「大吾《だいご》」という和菓子店の「爾比久良《にいくら》」というお菓子らしい。十一月の「銀座《ぎんざ》清《せい》月堂《げつどう》」の「落とし文」と同じ黄身しぐれのお菓子なのだが、一口サイズの落とし文とは異なり、たいへんなボリュームなのだと言う。

「落とし文みたいなほろほろした感じじゃなくて、ぎゅっと押し固めて仕上げるのね。さらに真ん中に栗が丸ごと一個はいってて、重量感がすごいの」

「どんなお菓子か楽しみです。でも、どうして十月だけなんですか？　その季節限定のお菓子なんでしょうか」

「それはね、わたしたちもよくわからないんだけど。爾比久良自体は通年で販売しているものらしいし。睡月さんは成城学園前《せいじょうがくえんまえ》にお住まいで、大泉学園と近いわけじゃないから、毎年十月にそのあたりに行く用事があって、そのついでに買ってこられるのかもね」

「じゃあ、甘いものの代わりになにかしょっぱいものを準備しましょうか？」

「ううん、大丈夫。桂子さんがおかきを持っていくっておっしゃってたし」

蒼子さんはそう言った。

爾比久良というお菓子のことが気になってあとでネットで調べてみると、有名なもののようだった。見た目も美しく、高級菓子の風格がある。ずっしりとした外見で、口コミのなかには、かなり大きいので切り分けて食べた、というものもあった。見れば、百貨店などへの出店はなく、たまに販売日が設けられているようだが、基本的には大泉学園の店に行かないと手にはいらないらしい。

そういえば以前祖母から、連句会で食べた栗入りの大きな黄身しぐれの話を聞いたことがあったのを思い出した。

——すごく上品で、おいしいの。大きいから持って帰ろうと思うんだけど、結局いつもその場で食べちゃう。

それがこの爾比久良だったのかもしれない、と思った。

水曜日には久子さんからテーマの案が送られてきた。短歌の場合、題詠《だいえい》とテーマ詠《えい》というものがあるらしい。題詠とは、ひとつの文字を定め、歌のなかでその文字を必ず使うというもの。テーマ詠は、ひとつの語を定め、そこから連想した歌を詠むもの。

久子さんの案は、題詠なら「実」「間」「本」、テーマ詠なら「坂道」「時間」「菓子」だった。泰子さん、真紘さん、萌さんと相談し、人によって得手不得手があるだろうから、題詠ひとつ、テーマ詠ひとつとして、どちらか一方を選んでもらおう、ということになった。

あずきブックスのイベントなので、最初は「本」と「菓子」が良いのでは、という意見も出たが、泰子さんが、それだとあたりまえすぎるかも、と言い、結局、いまは「実」の季節だし、店の周辺に坂が多いからという理由で、「実」と「坂道」に決まった。

久子さんが作ってくれた文面と合わせて告知を出すと、すぐに何人かから申し込みがあり、告知から三日で満席になった。

久子さんからは、あずきブックスの皆さんも一首ずつ作ってくださいね、というメールが来て、泰子さん、真紘さんと、どうしよう、と顔を見合わせた。


次の土曜日は連句会。会場は池上会館という施設である。最寄駅は東急池上線の池上駅と都営浅草線の西馬込《にしまごめ》駅だが、どちらからもわりと遠い。これまでは西馬込から行くことが多かったが、今回は池上駅から歩いてみることにした。

以前、池上駅の近くで二次会がおこなわれ、みんなで池上まで歩いたことがあり、そのときの雰囲気が良かったのだ。

本門寺《ほんもんじ》という大きなお寺があるから、寺町の雰囲気で、古い葛餅屋さんやお煎餅屋さんがあって、谷中《やなか》あたりに似ているがもっとのんびりしていた。

睡月さんはどちらから来るんだろう。もうお年だし、どちらから来るにしても遠いし、西馬込からだと坂もある。重いお菓子を持ってくるという話だったし、大丈夫なんだろうか、とちょっと心配になった。

葛餅屋さんや仏具や墓石のお店をながめながら門前町を抜け、橋を渡る。下には呑川《のみかわ》という細い川が流れている。橋の向こうに本門寺にのぼる階段が見える。久子さんがよくまちがえてのぼってしまうというあの階段だ。

池上会館の入口は斜面の下にあるから、階段はのぼらなくていい。階段の前を右に折れると、すぐに池上会館の建物が見えてくる。入口近くまで行ったとき、タクシーから人がおりてくるのが見えた。

睡月さんだ。

タクシーを使ったのか。それはそうだよね、と思いながら近づく。睡月さんは、よっこらしょ、と言って、タクシーから重そうな紙袋を引っ張り出した。

「睡月さんですよね」

うしろから話しかける。

「あ、ああ、えーと、たしか、治子さんのお孫さんの……」

すぐに名前は出てこないみたいだ。でも覚えていてくれたんだな、と少しうれしくなった。

「一葉です」

「そうだった、一葉さん。今日はまたお世話になりますよ」

「お荷物、お持ちします」

「あ、これ？」

睡月さんが紙袋に目を落とす。

「いいよ、いいよ、女性にそんな……」

手を大袈裟に横に振って、笑いながらそう言った。

「大丈夫です。わたし、書店で働いていて、重い荷物を持つのは慣れてるんです。

それに、お菓子番ですから」

「そうか、治子さんの二代目だもんなあ。だったら、お願いしようかな」

睡月さんの手からお菓子を受け取る。予想以上にずしっとした重さがあった。

「重いですね。遠くからお越しなのに、大丈夫でしたか」

「大丈夫、大丈夫。遠いっていっても、そこまでじゃないし。息子が車で二子玉川《ふたごたまがわ》
まで送ってくれたんですよ。そこから池上までは一回乗り換えるだけだから」

「お住まい、成城学園前でしたよね」

「そうそう。でも、駅からけっこう離れてるからねえ。いつもはバスで出るんだけ

ど、荷物も重そうだし、だったら二子玉川まで送るから、って。むかしは自分で運転してたけど、免許を返納しちゃったし。こういうとき不便だよねえ」

　睡月さんが笑った。

「遠いところをすみません」

「いやいや、今日はちょっと皆さんにお誘いもあったから」

「お誘い？」

「いや、まあ、それはまたあとで」

　睡月さんは笑った。いっしょにエレベーターに乗り、会議室のある階までのぼる。少し早く着いたので、会場にはまだ航人さん、蒼子さんしかいなかった。

「睡月さん、お久しぶりです。今日はありがとうございます」

　蒼子さんがお辞儀する。

「うんうん。去年は蒼子さんとは会えなかったからねえ」

「そうでした。その節は失礼しました」

　去年睡月さんがひとつばたごにやってきたのは十一月のこと。そのひと月後の十二月に蒼子さんの旦那さんが亡くなった。蒼子さんは看病もあり、十月、十一月、十二月と連句会を休んでいたのだ。

「蒼子さんもたいへんでしたね。茂明さんとはわたしも何回か巻いたことがありましたから。残念です」

「ありがとうございます」

蒼子さんは深々と頭をさげた。

「いまはどうしてるの？」

「なんとかやってます。いまも同じ職場で働いてますし。子どもたちもひとりはもう会社員ですけど、まだしばらくふたりとも家にいそうで」

蒼子さんが笑った。

「それならさびしくないねえ。よかった」

睡月さんが目を細めた。

「今日はなにかお誘いがある、って聞きましたが、それは……？」

蒼子さんが訊いた。

「うん、実は来年一月に連句の大会を開催するっていう話があってね」

睡月さんが答える。

「大会？」

航人さんが首をかしげた。

「っていっても、連句協会が主催するのとは別ものですよ。わたしのところに来ている若い人たちが中心になって企画しているもので」

睡月さんが言った。

「若い人って、双羊の方ですか？」

蒼子さんが訊いた。

「いやいや、そうじゃなくてね。双羊のメンバーは高齢化して、亡くなったり出てこられなくなったりでねえ。何年か前から地域の施設で連句を教えるようになったんですよ。最初は近くに住んでるむかしの連句仲間に声をかけたりしてたんですが、だんだん三十代、四十代の人も来てくれるようになって」

「連句は、若い人でもゲーム感覚で楽しめるんですよね」

航人さんが言った。

「そうそう。オンラインでやってみようとかね。連句は顔を合わせて巻かないとダメだと思いこんでたけど、最近はオンラインっていっても、声だけじゃなくて映像もついてるでしょう？　わりと楽しめましたよ」

「睡月さん、パソコン得意なんですか？」

蒼子さんが驚いた顔になる。

「そりゃ、現役時代は仕事でも使ってましたからね。最初は息子に教えてもらったけど、すぐに慣れました」

「わたしもむかしSNSで連句をしたことがあるんですけど、それで若い参加者が増えたんですよ。ひとつばたごにいる鈴代さん、萌さん、陽一さんもそのときからのつながりで」

蒼子さんが言った。

「ああ、そうなんですね。それで今回は、その人たちと相談して、連句の普及のために若い人を集めたイベントをしてみようか、って話になったんですよ。航人さん、繭《まゆ》さんっていう女性、覚えてますか？」

「ああ、学生たちの会に来てた人ですよね。たしか僕の少し下の……」

航人さんが答える。

「そうそう、あの人もいまは大学で江戸文学を教えてて、そこの学生たちといっしょに連句を巻いたりしてるみたいで。ほかにも何人かいるんですよ、あの会の出身で、いまも連句を続けて、若い人たちと巻いてる人が」

航人さんの顔が少し曇った気がした。航人さんはその学生たちの会で出会った女性と結婚し、離婚している。それで一時連句からも遠ざかっていたと聞いた。だからそのころのことにはあまり触れられたくないのかもしれない、と思った。

「それで、一月に会を開こう、っていう話になって。そういえばひとつばたごにも若い人たちがいたのを思い出して、誘ってみようかと。参加するのは何歳でもOK、ただし捌きは四十代以下。それで半歌仙を巻いて、優勝を決める」

「へえ、おもしろそうですね」

蒼子さんが言ったとき、桂子さんが部屋にはいってきた。

「あ、睡月さん。もういらしてたの。あいかわらずお元気そうねぇ」

桂子さんがにっこり笑う。

「いやいや、桂子さんこそあいかわらずお美しいですよ」

睡月さんが、ふぁっふぁっふぁ、と声をあげて笑った。

4

それから、陽一さん、鈴代さん、萌さん、蛍さん、直也さんの一群がやってきて、お茶や短冊の用意をはじめた。全員が席につくと、さっそく連句がはじまる。睡月さんが短冊をさっと手に取り、すらすらと書きつけて航人さんの前に置いた。

「なるほど。素晴らしいですね。こちらにしましょう」

見るなり、航人さんが言った。

蒼子さんが短冊を受け取り、ホワイトボードに句を写した。

秋光や母の形の影を抱く　睡月

「母の形の影……。素敵ですね」

鈴代さんがうっとりと言う。

「もうこのお母様は亡くなっている、でも影となって会いにきた、という感じでしょうか」

航人さんが言った。

影を抱く。さびしい句だ。でも、やさしく、あたたかい。

「あの、質問なんですけど」

萌さんが手を上げた。

「表六句では恋はダメ。母も女だからダメ、と聞いた気がするんですけど、これは大丈夫なんでしょうか」

「お、萌さん、頼もしいねえ。しっかり式目を勉強してるね」

睡月さんがにっこり微笑む。

「そう、表六句には恋はダメ、というより、神祇《じんぎ》・釈教《しゃっきょう》・恋・無常、そのほか印象の強いものを避ける、って言われてますよね。神祇は神さま、釈教は仏さま、恋はそのままで、無常は死。ほかにも病気、戦争、災害、要するに派手なものはできるだけ遠慮する、っていう決まりで、おもしろいことはなにもできない。ただ、発句だけは別なんですよ」

睡月さんが言った。

「発句は例外……。そういえば、前に聞いたような……」

萌さんが宙を見あげる。

「発句だけは特別で、なにを詠んでもいいんです」

航人さんがうなずいた。

「なるほど。やっぱりなかなか全部は覚えられませんよね」

萌さんが手元のノートになにかメモしている。

「まあね、式目は長年やってても忘れちゃうこともあるからね。忘れてなくても、そのときの流れで守れなかったり」

「守れない？」

「そうそう。堅香子のときもよくありましたよねえ。裏の月がいつまで経っても出てこなくて、どんどん後にいっちゃって、花の句にいっしょに月をあげたり。季節を入れられなくて、雑《ぞう》の月を作らないといけなくなったり」

「雑の月？」

「季節のない月ですよ。絵に描かれた月とか、紙の月とかね」

航人さんが言った。

「紙の月？」

　蛍さんが訊く。

「アメリカにペーパームーンっていう言葉があるんです。紙で作ったハリボテの月で『偽物』的な意味合いがある。『ペーパー・ムーン』っていうタイトルの映画もあったんです。紙の月だから季節はないんですよ」

　航人さんが説明した。

「でも、そんなことしてもいいんですか？　戻って巻き直したりはしないんですか？」

「そりゃ、本物の月がいちばんいいですよ。でも連句はその場の流れが大事だから。あとで句の形を直すことはあるけどね。まあ、そんなところかな。脇はね、航人さん、付けてくださいよ」

　睡月さんがふぁふぁふぁっと笑う。

　去年もそうだった。客発句、脇亭主。睡月さんに言われて、航人さんが脇を作ったのだ。

「そうですねえ、じゃあ、ここは月の句にしましょうか」

　航人さんが短冊を取り、さらさらっと句を書いた。

「これでいかがですか」

となりの睡月さんの前に置く。

「うん、どれどれ」

睡月さんが短冊を見て、にやっと笑った。

「名前を入れてくれたのか。うれしいね」

「じゃあ、こちらで」

航人さんは短冊を取りあげ、蒼子さんに渡した。

秋光や母の形の影を抱く　　睡月
　ただ中空に睡《ねむ》りゆく月　　航人

「うわあ、かっこいいですね」

句を見ながら蛍さんが言った。

「さあ、じゃあ、次は第三。この世界から大きく飛んでください」

航人さんがみんなを見まわす。

「まだ秋でいいんですよね。それで、『て』とか、『にて』とか続く感じで終わる」

萌さんが言った。

「そうですね」

航人さんが笑顔でうなずく。みんな手元にある歳時記をめくったり、天井を見あげながら考えている。鈴代さんがいちばんにペンを握り、指を折りながら短冊になにか書きはじめる。前に出した短冊を見て、航人さんが、いいですね、これにしましょう、と言った。

いっせいに風船葛ふくらんで　　鈴代

蒼子さんがホワイトボードに句を書き出す。

「へえ。おもしろい句じゃない？」

桂子さんが微笑んだ。

「風船葛《ふうせんかずら》？」

直也さんはそう言って、スマホで検索しはじめる。

「緑色で、こう、ぷくっとふくらんだ実ですよね？」

萌さんが訊いた。

「ああ、これ。これ、実なのか」

直也さんも出てきた画像を見て納得したみたいだ。

「実ですよ。なかに種がはいってるんです。黒に白のハートがはいったみたいな、お猿さんの顔みたいな」

鈴代さんが言う。

「お猿さんの顔？　あ、ほんとだ」

直也さんがスマホの画面を見て笑った。わたしもスマホで調べてみると、たしかに黒に白のハートのような、イラストの猿の顔のような種の画像が見つかった。

「じゃあ、次に進みましょうか」

航人さんがそう言ったとたん、蒼子さんがさっと短冊を出した。

「これもまたいいですね。ほかに書いている人がいなければこれにしようと思うんですが」

「どれどれ」

蒼子さんの短冊を見るなり、航人さんが言った。

となりから睡月さんものぞきこむ。

「うんうん、いいんじゃないですか」

睡月さんが言った。

「じゃあ、こちらにしましょう」

「ありがとうございます」

航人さんから短冊を渡され、蒼子さんはそう言ってホワイトボードに句を書いた。

とんからとんと機織りをする　　蒼子

「機織《はたお》りなんて、民話の世界みたいですね」

悟さんが言った。

「ううん、これは実話で……」

蒼子さんが言葉を濁す。

「そうそう、蒼子さんはね、最近ほんとうに織物をされてるんですよ」

桂子さんが言った。

「え〜〜っ、織物？　どういうことですか？」

鈴代さんが興味津々という顔になる。

「夏に優《ゆう》さんの家に行ったとき、清海《きよみ》さんの染めた布を見たでしょう？　あれを見て染め物にちょっと興味が出て、いろいろ調べてみたんですよ」

何度かいっしょに連句を巻いた詩人の優さんの奥さんは清海さんといって、草木染めを専門とする染織家である。優さんの家には清海さんの織った布が飾られていて、庭には染め物の原料になる植物が植えられていた。

「それで織物をはじめられたんですか！」

鈴代さんが身を乗り出す。

「ええ。あのとき桂子さんが、草木染めをなさってるお友だちがいるっておっしゃってたでしょう？　その方に紹介してもらって、いろいろ話を聞いたんです。それで、とりあえず一度やってみることになって、染めと織りのワークショップに参加したら、すごく楽しくて」

「すっかりはまっちゃったのよね。それで、いまは帯を織ってるんですって」

桂子さんが言った。

「え〜〜っ、帯を？　すごい！　帯って織れるものなんですか？」

鈴代さんが目をきらきらさせた。

「帯は着物にくらべたら短いから。五メートルくらいかな。わたしも最初は心配だったけど、どうしても織ってみたくなって。糸の準備に一ヶ月くらい時間がかかったから、織りはじめたのは今月のはじめ。週一で通って織ってるんだけど、そろそろお太鼓の部分にさしかかる感じよ」

「いいですねえ」

鈴代さんがため息をつく。

「鈴代さんもお着物が好きって言ってましたよね」

蛍さんが訊いた。

「全然にわかなんですけど。友だちに着物のイベントに連れていってもらってからはまっちゃったんですよぉ。っていっても、家に残っていた祖母の着物をあたらしい小物と合わせて着てるだけなんですけど……。帯を織るなんて、憧れます」

鈴代さんが言った。

「できあがった帯、見てみたいです」

萌さんが言った。

「ほんとねえ。蒼子さん、お着物似合いそう」

桂子さんも微笑む。

「そうですか？　むかしお茶を習ってたので、一応着るくらいはできますけど。でも子どもが生まれてからは着てなかったからなあ」

「それはわたしも見たいなあ。まあ、日本人はやっぱり着物。華やかな洋服もいいけど、着物はまた格別だから」

睡月さんがうなずいた。

「そうよ、せっかく織ってるんだし、できたら着ていらっしゃいよ」

桂子さんが力強く言う。

「そうですね。じゃあ、完成したら着てきます。来月中には織りあがると思いますけど、そこから仕立てに出さないといけないから、来年かなあ」

蒼子さんはそう言って微笑んだ。

5

そのあと、冬の句が二句付いた。

秋光や母の形の影を抱く　睡月
　ただ中空に睡りゆく月　航人
いっせいに風船葛ふくらんで　鈴代
　とんからとんと機織りをする　蒼子
朝練の学生たちの息白く　桂子
　長須鯨が海原を行く　悟

表六句が終わり、いよいよお菓子の出番である。爾比久良の実物が見られると思ってどきどきした。蒼子さんが袋から箱を出し、蓋を開ける。上品な薄紙に包まれた正方形のお菓子がならんでいた。
「おおお、これは重厚ですね」

陽一さんがうなる。

「あれ、陽一さんは爾比久良、はじめてでしたか」

直也さんが訊いた。

「そうですね。僕ははじめてです。十月の会で睡月さんといっしょするのははじめてかもしれません」

「わたしもです」

蛍さんもうなずく。初体験はわたしだけではないらしい。

蒼子さんから包みをひとつずつ手渡され、うやうやしく受け取った。包みを開くと、白く端正なお菓子が見えた。切り分けて食べる人がいるというのもよくわかる、ずっしりとしたボリュームだ。

「きれいですねえ」

蛍さんが息をつく。

「いいでしょう、なかなかの銘菓なんですよ」

睡月さんが言った。

「ではいただきます」

鈴代さんが両手を胸の前で合わせ、軽く頭をさげた。

蒼子さんが持ってきてくれた黒文字を使って一口大に切り分けると、ほろっと崩

れそうになる。型押しされてしっかり固まっているが、まわりは黄身しぐれだから
やはりやわらかい。口に入れると、黄身しぐれの部分がふわっと溶けた。

「口溶けがいいですねえ」

思わず声が出た。

「ほんとですね。ふんわり、さらっと溶けてく感じで」

陽一さんも舌鼓を打つ。黄身しぐれのなかには餡がはいっていて、そのなかにさらに甘露煮の栗が丸ごとひとつ。緑茶ともよく合い、銘菓と言われるだけのことはある、と感動した。

「大きいけど、ぺろっと食べられちゃうわね」

桂子さんが微笑んだ。

「そうだ、睡月さん、さっきの連句の大会の話……」

蒼子さんが言った。

「そうそう。今日ここに来たのは、皆さんに知らせたいことがあったからでね」

睡月さんはそう言って、大会の話をした。都内各所の連句会から出場者を募ること。その場で半歌仙を巻いて、出来を競うこと。若手育成という目的のため、出場者の年齢は問わないが、各座の捌きは四十代以下とすること。

「会自体は来年一月の予定なんだけどね。いろいろ声がけしていて、そういえばひ

とつばたごにも若い人がたくさんいたなあ、と思って。どうですか、全員とは言いませんが、出場したいという方はいらっしゃいませんか」

睡月さんがみんなを見回す。

「そこに行けば、ほかの連句会の人とも会えるってことですよね」

萌さんが訊いた。

「そうですね、わたしのところに集まっている若い人たちもいるし、ほかにもいくつか座ができる予定ですよ」

「おもしろそうですよね、わたしは参加してみたいですぅ」

鈴代さんが言った。

「いいですね、ほかの会の作品も見てみたいですし」

「腕を競うっていうのも、ちょっと興味がありますね」

悟さんと直也さんが言った。

「まあ、皆さんが興味があるんでしたら、出てみてもいいと思いますが……」

航人さんが言った。

「そうよねえ。やっぱりほかの人たちの連句も見た方がいいわよぉ。航人さんは連句協会の大会にも出たがらないけど……」

桂子さんがちらっと航人さんを見た。

「いえ、別に出たくないというわけじゃ、ないんですが」

航人さんが困ったような顔になる。

「まあ、航人さんは、若いころ大きな会を仕切ってたいへんな思いをしてるから。それで大会みたいなものに苦手意識があるのかもしれないけどね。でも、あのころとはずいぶん変わったし」

睡月さんが言った。

「そういう大きな会が嫌いなわけじゃないんですよ。僕がそういう会を仕切る器じゃない、っていうだけです」

「あのころの航人さんはとにかく真面目だったからなあ」

睡月さんがふぁふぁふぁふぁっと笑った。

「でも、ただ参加するだけならいいんじゃない?」

桂子さんが言った。

「そうですね。ほかの座を見るのも勉強になりますからね。出たい方は?」

航人さんが見まわすと、全員が手をあげた。

「うーん、全部で十人か」

人数を数え、睡月さんがうなる。

「十人だとまずいんですか」

「いや、今回は半歌仙ですからね、一座《いちざ》六人から八人っていう決まりになったんですよ」

「たしかに半歌仙に十人は多いですねえ。じゃあ、今回は僕とだれかが遠慮して……」

航人さんが言った。

「いやいや、そしたら逆にもう少し足して、二座にしたらどうですか。あとふたりいれば、六人の座がふたつできるでしょう？」

睡月さんが提案した。

「なるほど。あとふたりなら探せるんじゃないですか」

蒼子さんが言った。

「久子先生や啓さんにお声がけしてもいいですし」

「柚子さんや優さんもいいんじゃないですか」

悟さんと萌さんが言った。

「あと、海月《くらげ》に声をかけてみましょうか」

蛍さんが言った。

「おお、高校生！　それはいいですね！」

「高校生？　大学生の蛍さんでも若いのに、高校生だとしたら大会最年少だよ」

直也さんの言葉に、睡月さんが目を見開いた。

「わたしの妹なんです。高校二年生で、いまは文化祭の準備に追われてるんですけど、それが終われば……」

「それが終わったら受験勉強なんじゃないの？」

鈴代さんが訊いた。

「まあ、そうなんですけど。でもまだ今年度のうちは……。海月も大会みたいなものには燃えるタイプなんで、模試と重なっていないかぎり、参加したいって言うんじゃないかと」

「そしたらとりあえず、ひとつばたごからは二座出るってことで。捌きはどうしますか。四十代以下ですからね、もちろん航人さんや桂子さんはダメですよ」

「わたしたちもダメね」

蒼子さんと直也さんが顔を見合わせる。

「ひとりは悟さんとして、もうひとりは萌さん、どうですか」

航人さんが萌さんを見た。

「え、わたし？　わたしですか？」

萌さんがきょときょとしながらまわりを見た。

「でも、まだ捌きをしたことがないですし……。それに、陽一さんや鈴代さんの方が……」

「ううん、萌さんやりなよぉ。前から捌きをやってみたい、って言ってたし、式目もかなりマスターしてきてるし。もうできるよ」

鈴代さんがにこにこ笑う。

「そうですね、僕も萌さんが適任だと思います」

陽一さんも言った。

「桂子さんと僕がそれぞれの座にはいりますから、わからなくなったら訊いてください」

航人さんが微笑む。

「じゃあ……、やってみます」

萌さんもようやくそう答えた。悟さんの座は桂子さん、直也さん、鈴代さん、蛍さん。萌さんの座には航人さん、蒼子さん、陽一さんとわたし。まわりの人に声がけして、それぞれの座にあと数人足す、と決まった。

「悟さんは捌きの経験があるけど、萌さんははじめてだと不安でしょう？　練習のために次の会で、萌さん、捌いてみますか？」

「え、えーっと、いいんでしょうか？」

萌さんがまわりを見まわすと、直也さんや鈴代さんが大きくうなずいている。

「来月は十一月でもう冬ですからね。大会が一月なら冬で、季節は同じになります。それで、半歌仙にしましょうか。そうすれば大会と条件は同じですから」

「わ、わかりました。お願いします」

萌さんはぺこっと頭をさげた。

「いいなあ。僕も一度練習したいですよ」

悟さんが笑ってそう言った。

6

大会の話が終わり、連句は裏にはいった。直也さんの落ち着いた句に蛍さんの初々しい恋句が付き、陽一さん、萌さんと恋句が続いた。時事句をはさみ、裏の月へ。表に冬が出ているので、ここは夏の月である。イギリスのドーバー海峡を詠んだ桂子さんの句が付いた。

そのあとは、季節のない「雑」と呼ばれる句が付いた。連句では、季節から季節に移るとき、たいていあいだに雑の句をはさむ。

雑の句がふたつならんだあとは、花の座だった。前の句は悟さんの「並んで歩く大小の猫」。航人さんに、花の句はなにを出してもたいてい付くから、皆さん詠みたいものを詠んでくださいと言われ、みんな一心に短冊に向かっている。

やがて航人さんの前にぽつりぽつりと短冊がならびはじめた。

「うーん、どれもいいですねえ」

短冊を見くらべながら航人さんがうなった。

「じゃあ、これ」

めずらしく少し時間をかけてから睡月さんが句を出した。

「ああ、これは……。これはいいですね」

航人さんが短冊をじっと見る。

「今回はこれにしましょう」

そう言って、蒼子さんに短冊を渡した。

さらさらと防空壕に降る花よ　　睡月

「防空壕……。すごい句ですね」

蒼子さんがホワイトボードに書いた句を見て、蛍さんが言った。

「防空壕なんて、若い人はあまり知らないよね」

睡月さんが微笑んだ。

「大学の授業で習いました。空襲のとき逃げこむための穴だって」

蛍さんが答える。

「都内でもまだときどき蓋をされた防空壕を見かけますけどね」

直也さんが言った。

「そうですよねえ。いまの人たちにとっては歴史的遺物なんだと思いますが、わたしはね、戦争のとき実際に防空壕にはいったことがあるんですよ」

睡月さんの言葉にみな息をのんだ。

「父は兵隊に取られ、小学生だった妹は集団疎開をしていましたから、うちには母とわたしだけでした。ひとりで出かけているときに家の近くに爆弾が落ちたこともありました。どこもかしこも死体でいっぱいで、そのなかを歩いて家に戻った」

祖母が学童疎開に行った話は何度か聞いたことがあったけれど、それより年が上の子どもは東京に残っていたんだとはじめて知った。

「一度、母と外を歩いていたときに空襲にあいましてね。ふたりで必死に逃げて、近くにあった防空壕に駆けこんだ。ふたり用の小さな壕で、わたしたちは左右の窪みにひとりずつはいったんです。外で爆発音がしてねえ。天井からはばらばらと小石が降ってきて……」

みんなじっと黙って睡月さんの話を聞いている。

「もう死ぬのかな、ここで死ぬのかな、と思ったんですよ。でもそのとき、声が聞こえてきたんです。母の声です。爆発音のなかで、母が念仏を唱えていた。なむあみだぶ、なむあみだぶ、なむあみだぶって、何度も何度もくりかえし。なんだかわからないまま、わたしも目を閉じて、ただいっしょに念仏をとなえました。そうしないといられなかった」

なむあみだぶ、なむあみだぶ、という睡月さんの声が耳の中で響いた。

「もうダメか、とも思いましたが、なんとか助かった。爆弾の音がやんで、外に出て。でも、帰ってみると家は焼けてしまっていました。父は帰還したものの若くして亡くなりました。それからは母がひとりで妹とわたしを育てました」

「今日の発句もお母さまの句でしたもんね」

桂子さんがうなずく。

「この前、三十三回忌だったんですよ。遺された側も歳を取りますからねえ。三十三回忌まで出せば年季法要は終わりにする家も多いですよね。わたしも九十を超えましたが、三十三回忌まで出したいと思って生きてきた。これで役目をまっとうしたなあ、ってほっとしましたよ」

睡月さんが息をつく。

「菩提寺が大泉学園にあるんです。大吾はその近くの店で。できてまだ五十年も経ってないんじゃないかなあ。わたしも最初は知らなくて、たしか家内がお寺さんから聞いたんですよ。爾比久良のことをね。話題のお菓子があるらしいって。法要のときに出したら好評でしたし、家内もかなり気に入って。十月には毎年法要に行きますから、大吾にも必ず寄るようになった」

十月の会に爾比久良を持って来るのはそういうことだったのか、と思った。

「その家内もね、今年の春に亡くなったんですよ」

「え、奥様が？　存じあげずに、すみません」

蒼子さんが頭をさげる。

「いいんですよ。大声で触れまわることじゃないと思って。年末には年賀欠礼の葉書を出そうと思ってましたが。みんないなくなりますね。さびしいですよ。いるときは面倒だなあ、うるさいなあ、と思ってたのにねえ」

睡月さんが笑った。

「じゃあ、ここはこんな句でどうですか」

桂子さんが航人さんの前に短冊を出す。横から見た睡月さんが、いいですねえ、と言い、航人さんも、こちらにしましょう、と言った。

さらさらと防空壕に降る花よ　　睡月

なむあみだぶの声も朧に　　　　　桂子

「桂子さんに付けてもらえてうれしいよ。ありがたいことだねえ」

睡月さんが目を細めた。


七時ごろには歌仙を巻き終わり、みんなで二次会に行った。睡月さんもうれしそうにお酒を飲んでいる。桂子さんに大丈夫ですか、と心配されていたが、帰りも二子玉川まで息子さんが車で迎えにきてくれるから、と笑っていた。

萌さんは、大会で捌きをつとめることになってだいぶ緊張しているようで、航人さんや蒼子さんにあれこれ相談している。

「式目を覚えることも大事ですが、捌きに求められるのは句を読み取る力だと思いますよ」

航人さんがそう言っているのが聞こえた。

「句を読み取る力……」

萌さんがうなずく。

「みんなの気持ちをつないでいくのが捌きですから。まずは出てきた句を読み取らないとね。読み取った上で、どっちに進むかを決めていく」

「うーん、責任重大だぁ」

萌さんが困ったような顔になる。

「大丈夫ですよ。連句は遊びですから。正解はないんです。大会だからといって、最上の作品を作ろうなんて思わなくていい。みんなでその時間を楽しく過ごして、おたがいの人生を重んじることができれば、それでいいんですよ」

航人さんが笑った。

「わかりました。がんばります」

萌さんが力強く答える。

「そうそう。連句はそういう遊びなんだなあ。おたがいの人生をちらっとのぞいて、受けとめて、またひとりひとり歩いていく。出会って別れて、作品だけが残る。こうやって、若い人たちの心ともふれあえる。しあわせなことだなあ」

睡月さんはしみじみとそう言って、花を見るように微笑んだ。

ひとすじの道

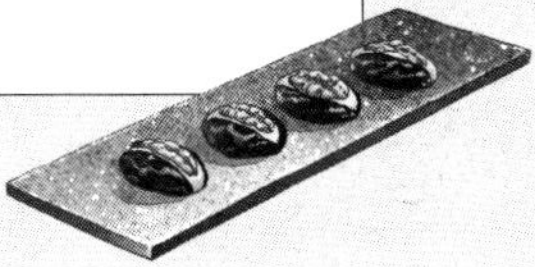

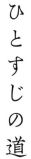

1

十一月にはいり、「あずきブックス」ではトークイベントの準備が進んでいた。なにもかも手探りだった前回とはちがい、今回はなにをすればいいのかだいたいわかっている。前回の反省も踏まえて当日の作業の段取りも決めた。

準備は順調だったが、問題はわたしたちの短歌作りである。泰子さん、真紘さん、萌さんと一首は作ろうと約束し、読書会のたびにみんなで状況を報告しあっているが、まだだれもできていない。泰子さんと真紘さんは完全にあきらめムード。萌さんと一葉さんにおまかせしようかな、などと言っている。

「久子さんは全員一首ずつ作ってください、っておっしゃってたじゃないですか。っていっても、わたしもひとつもできてないんですけれども」

萌さんが言った。

「いやあ、わたしはもう、歌を詠むような瑞々しい感性は枯渇しちゃってるから」

泰子さんが苦笑いした。

「言葉でなにか作るなんてこととはそもそも縁遠い人生なんですよ。わたしは久子さんの短歌をモチーフにしたドリンクかスイーツを作るので許していただくということで……」

真紘さんも逃げ腰である。

「ええーっ、だったらわたしもお菓子作りでいいですか」

萌さんが言った。

「それはダメだよ。一葉さんひとりだけになっちゃったら、かわいそうじゃない？」

泰子さんがわたしを見る。

「わたしもできそうにないですよ。司会に徹する、ってことじゃダメでしょうか」

わたしも首を横に振った。

歌ができないということは、久子さんにもすでに相談済みだった。久子さんからは、皆さん堅苦しく考えすぎなんじゃないですか、という返信が来て、久子さんが選者をつとめたコンテストで選ばれた作品がいくつか送られてきていた。

たしかにどれも自然な話し言葉でできていて、意味もわかりやすいし、自然にするっと出てきたみたいに見える。でも、だからといってわたしたちに作れるかといえば、そういうものではないのである。

「やっぱり、みんなでがんばりましょうよ。一首だけでも……」

萌さんが主張する。

「そうだねえ。一首だけならまぐれでできるかもしれないよねえ」

泰子さんは腕組みしながら言った。

「なんでこんなにむずかしいんでしょう？　とにかく、題詠は『実』で、テーマ詠は『坂道』ですよね。皆さんはどっちで考えてました？」

萌さんがわたしたちを見まわす。

「このあたりには坂道がたくさんあるから坂道でいこうと思ってたけど、思いつかなくてねえ」

泰子さんが言った。

「わたしは『実』の方が食べ物と結びつけやすいと思ったんですけど……」

真紘さんが言った。

「まあ、わたしも似たような状態ですけどね。久子さんからテーマの案が送られてきたとき、もっとよく考えればよかったですね」

萌さんがため息をつく。

「ほかの言葉だったらできたのかって言われると、そうでもない気が……」

真紘さんが笑った。

「とにかくあと一週間、がんばってみようか」

泰子さんが意を決したように言った。

「ひとりで考えていても埒《らち》があかないから、読書会をお休みにして、ここからは合評会にしよう。毎回必ずひとり三首作ってくる」

「えええっ、毎回三首？」

真紘さんが泣きそうな顔になる。

萌さんも目をぱちくりした。

「ひとりで考えてても堂々巡りになっちゃうだけだし、もうとりあえずなんでもいいから五七五七七の形にして出す。それでおたがいの作品を読み合って、評判の良かったやつを選ぶ」

泰子さんが言い切った。

「わかりました。たしかに強制的な締め切りがないと作れないと思いますし」

萌さんもうなずいた。


それからイベントまでのあいだに三回合評会をおこなった。よくわからないなりに五七五七七の形にしたものを持ち寄って、おたがいに感想を述べ合う。人に読んでもらうことで少しずつ短歌らしい形になっているような気もして、なんとか当日提出する歌を選ぶことができた。

真紘さんは「坂道」の方で「あそこまで行けば見えると思ってたなにが見えるかわからないまま」。泰子さんは「実」で「柘榴《ざくろ》の実むしって口に含みつつ思い出すのは母といた日々」。萌さんは「実」で「言いたくて飲みこんでいたあれこれがずっしり重い実になっている」。

わたしは仕事帰りに近くの坂を散策しながら作った「坂道に影がいくつものびていて日が沈んだらみんな溶け合う」という歌がいちばん好評だったので、それを提出することにした。

2

当日は店をいったん五時に閉め、イベントの準備をはじめた。カフェのテーブルを移動し、椅子をならべかえ、折り畳みの椅子を出す。マイクや配布物の準備や販売スペースの設営。なんとか準備が整い、六時半に開場した。

七時になり、イベントスタート。会場には、悟さん、陽一さん、蛍さんの姿も見えた。

わたしがあいさつしたあと、久子さんのトークがはじまった。参加者に短歌作りの経験があるか訊いている。たいていはわたしと同じように中学や高校の授業で一度か二度作ったくらいで、発表の経験がある人は半分もいないようだった。

質問係としての役目もどうなることかと思っていたが、久子さんの方から、一葉さんはどう思いますか、とか、わからないところはありますか、などとこちらに話を振ってくれたので、わからなかったことをスムースに訊くことができた。

久子さんが考えた下の句をあてるクイズなどをしたあと、いよいよ創作タイム。

久子さんが控え室に戻ったところで、短歌を書くための短冊を配る。

テーマは前もって告知してあったので、考えてきたものを書いてすぐに出す人もいたが、ここまでの話を聞いてあたらしく考えようと思った人もいるようで、ほとんどの人が席に残って、短冊に向かっている。

わたしは真紘さんが淹れてくれた煎茶を持って久子さんのいる控え室に行った。控え室といってもつまりは段ボール箱が積まれた書店のバックヤードである。いちおういつもより少し片づけたつもりだが、たいしたスペースはない。

久子さんは事務机の前に置かれた丸椅子にちんまりと座っていた。

「ありがとうございます」

事務机に煎茶を置くと、久子さんが湯呑みを手に取った。

「どうですか、皆さん、作ってますか？」

「作ってますよ。皆さん真剣な顔で短冊に向かってます」

「どんな歌が出るんでしょうねえ、楽しみです」

久子さんはふくみ笑いをしてから煎茶をひと口啜《すす》った。


カフェに戻ると、ずいぶんとにぎわっていた。もうほとんどの人が作品を提出し、販売コーナーで買い物をしたり、まわりの人と話したりしている。

「そろそろ締め切りにします。まだ出していない方はいらっしゃいますか?」

そう言って、場内を見まわした。悟さん、陽一さん、蛍さんが両手で大きく丸を作り、ほかの人も大丈夫です、という表情でうなずいている。

「ではここで締め切ります」

萌さんにOKのサインを出すと、萌さんは立ちあがり、短冊のはいった箱を持って控え室に行った。

「これから皆さんの作品を一覧表にしますので、それまでもうしばらくご自由にお過ごしください」

そう言って、わたしも控え室に戻った。萌さんが短冊をA3のコピー用紙に貼りつけていっている。一枚にたくさん入れられるように、短冊は細めに作り、裏に小さく両面テープを貼っておいた。

萌さんはすごい速さで作業を進めている。わたしも短冊の半分を受け取り、短冊の裏の剝離紙をはがし、もう一枚のコピー用紙に隙間なくならべて貼った。

貼り終わったらコピー開始。久子さんに一セット渡し、参加者の分を持って控え室を出た。

「すみません、一枚には収まらなくて、紙が二枚にわたっています。一枚目からまわしますので、皆さん一枚ずつ取って、となりの人に渡してください。端まで行ったら、うしろの人に渡してください」

そう言って、最前列の端に座っている参加者に紙束を渡した。紙がとなりへとなりへ流れていく。

「皆さん、お手元に紙が二種類あるかご確認ください。大丈夫でしょうか？」

うしろまでまわったのが見えたところでそう言った。参加者たちが紙を確認し、うなずいた。

「これから十分間ですべての歌に目を通し、投票していただきます。いまから投票用紙を配ります。用紙に作品の最初の五文字を記入して、こちらにある投票箱に入れてください。無記名で、ひとり三作までです。なにかご質問はありますか？」

場内を見まわしてみたが、とりあえず問題なさそうだ。投票用紙を配り終えたところで、わたしも壇の横の席に座った。紙の上にならんだ作品に目を落とし、読みはじめる。気になった歌すべてに丸をつけながら最後まで読み進めた。

その時点で丸がついた作品が七つ。ここから三つに絞らないといけない。七つのうちふたつは確定で、あとひとつをどれにするかで迷った末、「水の輪がひとつふたつと広がって透明な実になっていきます」という作品を選んだ。

投票を終え、時計を見ると締め切りの時間の三分前。すでに投票を終えた人も多いみたいだ。わたしは久子さんの様子を見に控え室に行った。

ドアを開けると、久子さんが赤ペンを握り、紙に細かい文字でなにか書きこんでいる。紙のいたるところにぎっしり赤字がはいっていて、短い時間にこんなに、と驚いた。

「そろそろ時間ですか？」

わたしの気配に気づいたのか、久子さんが顔をあげて言った。

「はい。あと二分くらいですが、大丈夫でしょうか」

「大丈夫。もうだいたいできてるから。なかなかいい歌がそろいましたね」

「そうですね、素敵だと思う歌がたくさんありました。選ぶのに困ってしまって」

「そうそう。選ぶってむずかしいですよね」

久子さんがふふっと笑った。これが連句なら、自他場や季節や語の重なりなどで、素晴らしい句でも取れないときがある。ルールだから取れない、ということで納得もいく。でも短歌はそれひとつで勝負だからシビアだなあ、と思った。

「じゃあ、行きましょうか」

久子さんといっしょにカフェに戻り、マイクを持った。

「そろそろ時間になりました。皆さん、投票はお済みでしょうか。まだの方がいらしたら挙手をお願いします」

そう言って場内を見まわす。手をあげる人はだれもいない。萌さんは投票箱を持って泰子さんといっしょに控え室に。ふたりが集計しているあいだ、前に立って久子さんと雑談したり、参加者に短歌を書いてみた感想を聞いたりした。

ほどなく萌さんと泰子さんが戻ってきて、投票の結果を発表した。驚いたことに、わたしの作品にも五票はいっていた。入選には遠いけれど、五人も票を入れてくれた人がいると思うとうれしくて、やった、と声が出そうになった。

あずきブックスのなかでは泰子さんの歌がいちばん票を集めていた。わたしが最後に迷って票を入れた水の輪の歌は三位にはいっていて、蛍さんの作品だとわかった。一位は短歌経験者だが、二位の人ははじめて短歌を作った人みたいだ。

久子さんは講評ですべての歌について細かく語り、わたしの作品についても、さびしさとやさしさが共存していていい歌ですね、と言ってくれた。

久子賞も発表され、人気投票で三位までの人とともに壇上にあがってもらった。久子さんが賞状を渡し、泰子さんがカフェに作品を掲示することを発表した。

イベント終了後、そのままカフェで懇親会がおこなわれた。

悟さんの作品は人気投票で四位だったようで、すごく悔しがっていた。真紘さんと萌さんはそれぞれ四票ずつだったようだが、わたしと同じで、票を入れてくれた人がいることで満足しているみたいだ。

「あずきブックスの皆さんの歌もとても良かったですよ」

泰子さんと販売コーナーの本を整理していると、久子さんが近くにやってきてそう言った。

「一時はみんなリタイアかも、って言ってたんだけどね」

泰子さんが笑った。

「いえいえ、皆さん素敵な作品でしたよ。賞は決めましたけど、ほんとは一首だけ選ぶことなんてできませんから」

「順位なんて決められるもんじゃないですね」

泰子さんがうなずいた。

「あ、そうだ、一葉さん」

久子さんが言った。

「なんでしょう」

「実はね、この前柚子さんから連絡があって。例の新作、ようやく書きあがったんですって。それで、次回の連句会に行きたい、って」

柚子さんは、新作の執筆で忙しくなるからという理由で、四月の会のあとは「ひとつばたご」の連句会をお休みしていた。連句会は毎月第三土曜日だ。今月の会はもう来週である。

「次っていうことは、来週のですか？　それとも来月？」

「今月ってことみたい。それでね、なんだか相談したいことがあるから、できれば連句会の前に桂子さんと蒼子さんに会いたいって言われて」

「桂子さんと蒼子さんですか？」

ちょっと意外だった。あずきブックスのトークイベントもあったし、柚子さんは萌さんとはけっこう打ちとけているような気がしたけれど、桂子さんや蒼子さんと親しく話していたという記憶はなかった。

「ええ。できればふたりともいてくれた方がいい、って。なんか、航人さんのことみたいなんだけど」

「航人さんの？」

ますますわからなくなる。

「くわしいことは聞かなかったんだけど、けっこう重要な用事みたいだったから、おふたりに連絡してもらってもいいかな?」

「わかりました。明日にでも連絡してみます」

わたしはそう答えた。

3

翌日、桂子さん、蒼子さんに連絡して、柚子さんの件を訊いた。

蒼子さんは仕事があるので平日の場合は夜しか無理、桂子さんの方は逆に夜はあまり出られない。それで、土曜日の連句会の前に早めに集まってランチをするのはどうか、という案が出た。

電話で伝えると、柚子さんもそれでいいと言う。

「できたら一葉さんもいっしょに来てほしいんだけど」

柚子さんはそう言った。

「わたしも? いいんですか?」

「うん。わたしからすると、いちばん話しやすいのは一葉さんだから」

柚子さんにそう言われて、なんとなくうれしくなる。早く行くこと自体は問題ないし、行きます、と答えた。

「じゃあ、蒼子さんと相談して、ランチの場所を決めますね。どんなお料理が好きですか？　苦手なものがあったら、教えてください」

「なんでも大丈夫。餡子以外はね」

柚子さんが笑う。その言葉で、柚子さんは餡が苦手なんだった、と思い出した。

今月のお菓子は本来なら「銀座清月堂」の「おとし文」。いわゆる黄身しぐれだが、外側がこしあんで、なかが黄身あんというところが変わっている。しかし、先月の「爾比久良」も黄身しぐれだったし、餡が苦手な柚子さんがいるのだから、おとし文というわけにはいかない。

「お料理は和でも洋でも中華でもエスニックでもなんでもＯＫですよ」

「わかりました。じゃあ、場所が決まったら連絡します」

そう言って電話を切り、蒼子さんにメールを書いた。

メールを送ったあと、お菓子はなににしよう、と思った。柚子さんは餡が苦手なだけで、甘いものは好きらしい。洋菓子なら安全だが、季節感のあるものとなるとなかなか思いつかない。

そういえば最初に柚子さんが来たときも同じようなことで悩んだなあ。そもそも和菓子の甘いものといえば、たいてい餡がはいっている。というより、祖母もわたしも餡が大好きだから、餡のはいったものに惹かれてしまうのか。

もう連句会まで一週間しかないから、ゆっくり探している時間もない。

餡じゃないものってなにがあるんだろう？　夏ならゼリーの類もあるけど、そういう季節じゃないし。干し柿とか？　まだ早いかな。でも、ドライフルーツは秋の雰囲気があるかも……。

そうだ、あれはどうだろう。前に真紘さんに紹介してもらった、変わったお菓子。やわらかいドライフルーツのなかにバターがはいってる。あれ、なんて言ったっけ……。

「棗《なつめ》バター」だ。しばらく考えていて思い出した。

しっとりした棗のなかに発酵バターがはいっていて、そのうえに胡桃《くるみ》がのっている。ほかでは食べたことのないめずらしいものだし、ちょっとびっくりするような組み合わせだけど、とてもおいしい。柚子さんはおもしろがってくれるかも。

メッセージでどこのお菓子なのか真紘さんに訊くと、銀座一丁目にある「HIGASHIYA」というお店だと教えてくれた。

ネットで調べると、バターがはいっているので要冷蔵らしい、とわかった。保冷バッグと保冷剤は必須である。お店のオープンは十一時のようで、ランチすることを考えると当日寄るのでは間に合わない。賞味期限は五日あるようだから、あらかじめ買って家の冷蔵庫で保管しておき、当日持っていくことにした。

夜、蒼子さんから返信があった。今回の連句会の会場はライフコミュニティ西馬込とのことで、蒼子さんは西馬込駅の近くにあるカフェのランチの予約を取ってくれた。

連句会が一時からなので、少し早めの十一時半スタート。柚子さんと桂子さんにも場所と時間を連絡し、現地集合ということにした。

金曜はお昼休みを少し長めに取らせてもらい、地下鉄で銀座まで出てお菓子を調達した。あずきブックスの冷蔵庫の隅にお菓子の包みを入れると、真紘さんに、棗バター、いいなあ、とうらやましがられた。

土曜は保冷バッグに棗バターと保冷剤を入れて家を出発。西馬込駅に約束の十分前に着き、スマホの地図を見ながらカフェに向かった。

テラスもあるおしゃれなお店で、なかにはいるともう蒼子さんも柚子さんも来ていた。わたしが席についてほどなく桂子さんもやってきた。

「今日はありがとうございます。それで、用件というのはですね」

注文を終えると、柚子さんがさっそく切り出した。

「航人さんのことなんです。以前の連句会で、航人さんの前の奥さんの話が出ましたよね」

「え、ええ」

蒼子さんがうなずく。そういえばそうだった。あのときは柚子さんの若いころの話から、航人さんの元奥さんが小説を書いていたという話になったんだった。

航人さんは離婚したことや、それが原因で一時期連句から離れてしまったことをいまだに気にしているようで、あまりその話をしたがらず、元奥さんが小説を書いていたということについては、桂子さん以外みんな知らなかった。

「実はわたし、その元奥さんと会ってしまったみたいなんです」

柚子さんの言葉に、桂子さんと蒼子さんが同時に、えっ、と声をあげた。

「どういうこと？　どうして柚子さんが元奥さんのことを……？」

蒼子さんが目を白黒させている。

「ああ、そうですよね、ちゃんとはじめから順を追って話します」

柚子さんは呼吸を整え、話しはじめた。

「前の連句会で、航人さんの元奥さんが小説を書いてた、って話が出ましたよね。新人賞で佳作を取ったという話もあったので、同業者としてどうしても気になって、あのあと桂子さんにお名前を訊いたんです」

柚子さんが言った。

「そうだったわねぇ。それで当時のペンネームをお伝えしたのよね。鹿島《かしま》千草《ちぐさ》さんって名前で。連句でも千草って名乗ってた」

　桂子さんがうなずく。

「佳作になったのがどこの新人賞だったかもお聞きして、どんな作品を書かれる方なのか気になって、当時の古い雑誌をあたってみました。そうしたら、たしかに佳作として作品が掲載されていて……。純文学系の文芸雑誌ですが、やや幻想味のある素敵な作品だったんです。選考委員の評価は厳しかったですが、わたしは好きだな、と思いました」

　幻想味のある素敵な作品。内容が気になったが、話の腰を折るわけにはいかない。柚子さんの次の言葉を待った。

「それで、ほかに鹿島さんの作品がないかいろいろ探してみたんですが、どこにも見つからなくて。あのときのお話でも、一度佳作をもらったが本は出なかった、ということだったので、もう書くのはやめてしまったのかな、と思いました」

「そうねぇ。その後はまったく噂を聞かなかったし……」

　桂子さんが言った。

「内向的な作品で、線が細い感じではあったんですよね。幻想的な話が好きな人には響くと思うんですが、社会からも遊離している印象だったので、文壇で生き残るのはむずかしかったのかな、と。でも内容にはかなり惹きつけられましたから、少し残念で」

前のトークイベントで、柚子さんはマンガ家としてデビューし、うまくいかなくて小説家に転向した、と言っていた。そういう経歴があるから余計そう感じたのかもしれない、と思った。

「それが、この前ある賞の受賞パーティーの席で久しぶりに会った編集者と話していたとき、女性をひとり紹介されたんです。森原泉《もりはらいずみ》っていう筆名で日常系のファンタジーを書いている作家さんだって言われて」

「森原泉さんって、文庫シリーズをよく書いている方ですか？」

わたしは訊いた。以前勤めていた「ブックス大城」というチェーンの書店の先輩で、森原泉さんのファンがいたのでよく覚えていた。

「そうそう。一葉さん、読んだことあります？」

「いえ、読んだことは。でもちょっと気になってました」

「わたしも読んだことはなかったんですが、名前は聞いたことがあったし、畑が近いから、いい作品だっていう噂は聞いたことがありました。森原さんの方はわたしの作品を読んでくれていたみたいで、小説の趣味もわりと似ていたので、話が盛りあがっていろいろ話したんですが……」

柚子さんはそこでいったん言葉を止めた。

「おたがいの経歴の話になったとき、彼女がむかしは別の筆名で小説を書いていた、って言ったんです。それで、そのときの名前を訊いたら、鹿島千草だって」

「ええっ」

桂子さんと蒼子さんが同時に声をあげた。

「わたしも聞いたときは、心臓が止まりそうになりましたよ。航人さんの元奥さんだ、って思って……」

柚子さんは少しだけ固まったあと、気を取り直してふつうに会話を続けたらしい。

「彼女、佳作を取ったあともしばらく鹿島千草の名前で作品を書き続けていたそうなんですけど、なかなか雑誌にも載せてもらえず、お勤めの方が忙しくなってきたのもあって一時は書くのをやめていたらしいです。それで七、八年ブランクがあったけど、そのあいだに少しずつファンタジーの構想を固めていたみたいで」

柚子さんはそこでいったん言葉を切った。

「仕事を辞めて時間ができたところで執筆を再開して、筆名も変えてファンタジーの賞に応募したんですね。そのときも正賞は取れなかったらしいんですけど、気に入ってくれた編集さんがいて、文庫シリーズを書くことになったみたいで」

「そんなことがあったなんて……」

蒼子さんは信じられない、という表情だ。

「ほんと。世間は狭いわね」

桂子さんが息をつく。

「そのとき聞いた話だと、森原さん、前の筆名のことは公にしてないみたいで。だから鹿島千草の名前で調べてもなにも出てこなかったんですね」

「でも、作品が成功していてよかった。あのあとどうなったのか、みんな心配してたのよね。なにしろ不安定な人だったから」

「見た感じ、いまは落ち着いているようでした。さっき仕事を辞めて時間ができた、って言いましたけど、それは結婚されたからみたいで」

「そうなの？」

「はい。相手は編集者みたいです」

「航人さんのことを考えるとちょっと複雑だけど、これで千草さんの人生が良くない方に行っているってわかったら、航人さんはまた責任を感じるだろうし」

「そうですね」

蒼子さんがうなずく。

「離婚のときもね、どう見ても千草さんの方に非があったのよ。航人さんは巻きこまれちゃっただけ。わたしたちはみんなそう思ってた」

口調から察するに、桂子さんは千草さんのことをよく思っていないようだ。

「悪意はないんだろうけど、自分のことで精一杯って感じで、まわりが全然見えてない。いつも、自分だけが苦しい、って思ってるようなとこがあったし」

桂子さんがため息をついたとき、店の人が料理を運んできた。桂子さんと蒼子さんは魚介類たっぷりの生パスタ、柚子さんとわたしはハンバーグプレートだ。

「まあ、とりあえずいただきましょ」

桂子さんの言葉にみんなうなずいた。

「千草さん、いえ、いまは森原さんですね。彼女はたしかに自分のことしか見えていないようなところがあったと思うんですけど、感受性が豊かな人って、若いころはそうなりがちなんじゃないですか。自分のことが重くて、どうしたらいいかわからないっていうか」

蒼子さんが言った。

「創作を志す人っていうのは、まわりとのズレを感じていることが多いですしね。わたしも自分の若いころのことを考えると、恐ろしくてぶるぶるしますよ」

柚子さんがうなずく。

「そういうものかもしれないわねえ」

桂子さんが言った。

「世代のちがいもあるのかもね。わたしなんかのころは、自分の機嫌を表に出したりしたら、親にこっぴどく叱られたもの。結婚してからも家族の前では自分の感情は出さない、と決めて生活してた。でも心の中に夜叉《やしゃ》がいるのはわかってたのよね。それを言葉にこめて外に出す。創作はそのためのものだった」

そういえば以前桂子さんが、俳句をはじめたのは四十歳のとき、と話していたのを思い出した。石垣《いしがき》りんさんの詩を読んで衝撃を受け、自分もなにか作ろうと思ったのだと。

「だから彼女の態度にいらいらしちゃったのかもね。大人げないって感じて」

「やっぱり、若いころは自分のなかのトゲトゲを制御できないいんじゃないですか。それで、人に向けるか、自分に向けるかになっちゃう。でも、森原さん、いまはすっかり落ち着いているように見えました。前のペンネームだったころは子どもだった、まわりに迷惑をかけた、っておっしゃってましたし」

柚子さんが言った。

「じゃあ、きっと変わったのね。お子さんは?」

「いないみたいです。再婚されたのも四十近くになってからだったそうですし。夫婦ふたりだっておっしゃってました。それで、結局航人さんのことは言い出せず、連句の話もしない方がいいかと思って出さずにいました。わたしはまだ航人さんのこともよくわかっていないですし……」

「それはそうよねえ」

桂子さんが息をつく。

「でも、元奥さんと会ったわけじゃないですか。これを航人さんに伝えるべきなのかどうかわからなくて。航人さんは奥さんの消息を知らないって言ってましたし、おたがいに連絡を取り合っていないなら、プライバシーの問題もあるし教えるべきじゃないのかもしれない。でも、会ったのに隠しているのもどうかと思うし」

柚子さんが困った顔になる。

「たしかにちょっと考えますね」

蒼子さんが首をひねる。

「航人さんの方は彼女のその後を気にしていると思うのよ。航人さんがいまだに独身なのも、過去のことが気になっているからだと思うし」

「でも、いまは別の方と結婚してるんですよね」

蒼子さんが言った。

「航人さんも、よりを戻したい、なんてことは考えてないと思う。自分から探そうともしてないしね。ただ、どうしているかは気になってるんじゃない？」

桂子さんが言った。

「そうですよね。だとすると、元気にしてるということは伝えた方がいいのかもしれませんね」

　柚子さんが天井を見あげた。

「一葉さんはどう思いますか？」

　蒼子さんが訊いてきた。

「航人さんがどう思うかはよくわからないですが、さっき皆さんがおっしゃっていたように、伝える前にまず森原さんの意向を確認した方がいいような気がします。プライバシーのこともありますし、いまの森原さんが航人さんをどう思っているのかわからないので」

　わたしはそう答えた。

「そうね。彼女の方は自分の居場所を航人さんに知られたくないと思っているかもしれないし。ペンネームを変えたのも、仕事の事情だけじゃなくて、鹿島千草だったころのすべてと縁を切りたかったからかもしれないし」

　蒼子さんが言った。「すべて」ということは、連句の人間関係も含めて、ということだろう。

「そういう考え方もありますね。実はそのとき彼女を紹介してくれた編集者と、今度三人でお茶でも、という話が出てるんです。わたしも航人さんと連句を巻いていることを知らせずに森原さんと付き合うのはフェアじゃない気がするので、本人に訊いてみようと思います」

「面倒なことをお願いしちゃってごめんなさいね」

桂子さんが言った。

「いえ。ここはわたしが訊くのがいちばん自然だと思います。それに、わたしは『ひとつばたご』にお邪魔するようになってまだ日が浅いですから、あまり事情を知らないことにできますし」

柚子さんが答える。

「そうね。いきなり桂子さんやわたしが出ていくと、彼女もかまえてしまうと思いますから」

蒼子さんもうなずいた。

「とにかく、皆さんに話せてちょっとほっとしました。自分ひとりだけ知ってる状態なのは精神的にきつくて」

柚子さんが笑った。

4

食事を終えるともう連句会開始の時間が迫っていた。四人でばたばたと店を出て、早足でライフコミュニティ西馬込に向かう。会議室に着くと、もう航人さんのほかほとんどのメンバーがそろっていて、お茶の準備も整っていた。蒼子さんがあわてて短冊を出し、みんなの前に置いた。

「柚子さん、お久しぶりです。ご執筆が一段落ついたそうですね」

航人さんが柚子さんに言った。

「そうなんです。いったん書きあげて、いま編集さんに読んでもらっているところで。あたらしいシリーズの立ちあげなので、まだまだこれから手を入れることになると思うんですが」

柚子さんが答える。

「連句も久しぶりなので、式目もあらかた忘れてしまっているような気がしますが、よろしくお願いします」

柚子さんが席を見まわし、頭をさげた。今日はわたしたち四人のほか、航人さん、萌さん、悟さん、陽一さん、蛍さんの五人。直也さんと鈴代さんは仕事の都合でお休みみたいだ。

「そうしましたら、前回話したように、連句の大会の練習も兼ねて、今日は萌さんに半歌仙を捌いてもらおうと思います」

「連句の大会？」

柚子さんが首をかしげた。

「あ、柚子さんにちゃんと説明していなかったですね。来年の一月、ほかの連句会の人たちが主催する連句の大会に参加することになったんです。一座六人から八人で半歌仙を巻く、若い世代の人が中心の会ということで、捌きは四十代以下と限定されていまして」

蒼子さんが説明した。

「おもしろそうですね。わたしも出たいです」

柚子さんが即座に言った。

「え、ほんとですか。実は人数の関係で、ひとつばたごからは二座出ることになっていて、どちらの座もあとひとりかふたりメンバーがほしいと思ってたんです。柚子さんが出てくれたら助かります」

蒼子さんが答える。

「えーと、何日ですか？」

「一月の第三土曜日です。ですから、その月はこちらの連句会はお休みにします」

航人さんが答えた。

「第三土曜日ですね。わかりました。大丈夫です」

柚子さんが大きくうなずいた。

「捌きが四十代以下ということで、ひとつばたごの二座のうち一座は悟さん、もう一座を萌さんに捌いてもらうことになりまして、今日はその練習で、萌さんが捌きます。大会が半歌仙なので、今日はそれに合わせて半歌仙にします」

航人さんが言った。

柚子さんが訊く。

「半歌仙。つまり歌仙の半分ってことですか」

「そうです。歌仙は三十六句。半歌仙は十八句です。表六句と裏十二句で終わり」

「まあ、はじめて捌くときに歌仙はちょっとたいへんですもんね」

桂子さんが言った。

「じゃあ、ここからは萌さんにおまかせしますね」

航人さんが萌さんを見る。

「わかりました。そうしたら、まず発句ですね。えーっと、もう立冬を過ぎて冬になりましたので、冬の句でお願いします」

萌さんの言葉に、航人さんと蒼子さんがうんうんとうなずく。

「冬……」

柚子さんがつぶやく。

「そうです。冬の季語がはいってて、五七五で……。挨拶句なので、ここに来る道中に見たものや、この会場にはいったときの印象などを詠んだものがいい……んですよね？」

萌さんがちらっと航人さんを見ると、航人さんは無言でうなずいた。

「あ、あと、切《き》れ字《じ》もはいっていた方がいい……？」

萌さんの語尾が心持ちあがる。

「そうそう。でも、はいってなくてもいいですよ」

航人さんが笑った。

「お行儀のいい、俳句っぽい句がいいってことだと思います。すいません、頼りなくて」

萌さんが少し笑った。

「大丈夫ですよ、合ってます」

航人さんがうなずいた。航人さん以外の捌きで連句を巻くのははじめてで、ちょっと新鮮だ。前から捌きをしてみたいと言っていた萌さんは少し緊張しているようだが、目がきらきら輝いていた。

「そうか、挨拶句……。ここに来るまでのこと……」

柚子さんがぶつぶつつぶやきながら短冊を手に取った。

「ここに来るまでのこと」という言葉で、さっき柚子さんから聞いた森原さんの話が頭に浮かんできた。

森原泉。

ブックス大城の先輩からは、ちょっと不思議で、心温まる話を書く作家さんだと聞いていた。どんな作品なんだろう。たしかあずきブックスにも何冊か本があったはずだ。今度買って読んでみよう。

そんなことを考えているうちに、萌さんの前には短冊がならんでいた。萌さんは一枚一枚短冊を見つめ、考えこんでいる。となりに座っている柚子さんも歳時記をめくり、短冊になにか書きつけている。

いけない、わたしも作らないと。あわてて歳時記をめくる。冬日という季語を見ながら、さっきのカフェにテラス席があって、パラソルから漏れた日がテーブルにあたっていたのを思い出した。少し考えてから「テーブルを照らして揺れる冬日かな」と書き、萌さんの前に置く。

「どうしましょう。どれも素敵な句で……。どうやって決めたらいいのか……」

萌さんはいきなり困り果てた顔になっている。

「そこはね、捌きが決めないと」

桂子さんが笑った。

「そうそう、捌きがいいと思ったものにすればいいんですよ」

悟さんもにこにこ笑っている。

「それが……どれもいいんですよね。全然選べなくて……。いちおう、これとこれがいいかな、と思ったんですけど」

萌さんが短冊を二枚選び出した。

がらがらの車内から見る冬木立
冬晴れや少し遅れて部屋に着く

二枚の短冊にはそう書かれていた。「少し遅れて」の句の方は、筆跡と内容から蒼子さんかな、と思った。

「どっちもいいじゃないですか。どちらを選んでも問題ない。あとは捌きの好みですよ」

航人さんが笑った。

「どうしよう。ここでどちらを選ぶかによって、今日の連句の流れが決まっちゃうわけですよね」

「連句は捌きが運命を決めていくようなところがありますよね」

陽一さんが言った。

「そうそう、運命の捌き手ですよ」

悟さんも真面目な顔で言う。

「えーっ、ますます決められない。ここでまちがえたら、と思うと」

「なぁに言ってるの、今日は萌さんが捌きなんだから、萌さんの感覚でみんなを導いていけばいいのよぉ」

桂子さんがふぉふぉふぉふぉっと笑った。

「どちらもいい句ですよ。おもしろみもある。冬木立の方は、葉っぱが落ちて木立がすかすかになっている。車内も通勤時間とちがってがらがら。そのふたつの取り合わせが冬の少しさびしい雰囲気をうまく引き出していますよね」

航人さんに言われ、萌さんがうなずく。

「冬晴れの方もいいですよ。冬晴れの日は気持ちがよくて、なんとなく気持ちがのんびりして、時間もゆっくり流れているような気がする。それで『少し遅れて』しまった、という感じでしょうか。そういう空気感がよく出ている」

「なるほど」

萌さんがまたうなずいた。もしこれが蒼子さんの句なら、遅れてきたほんとうの理由はそうじゃないのだが、句だけ見ればそのようにも取れる。

「まちがいっていうのはありませんからね。大丈夫。萌さんがぴんと来た方を選べばいいんです」

航人さんに言われ、萌さんはもう一度短冊を見た。

「じゃあ、こっちにします」

しばらく見つめたあとそう言って、「冬晴れや」の方の短冊を指した。

「表六句だから遅れたりするのはよくないかな、と思ったんですが、発句はなんでもいいんでしたよね。それだったら、こちらの方がなまの感覚がこもっている気がするので……。これはどなたの句ですか」

「はい、わたしです」

蒼子さんが手をあげて立ちあがる。やっぱり、と思った。

「そういえば、蒼子さんも桂子さんも、今日はめずらしく遅かったですよね」

蛍さんが笑う。

「すみません」

蒼子さんは少し笑いながら短冊を受け取り、ホワイトボードに句を書き写した。

「そうしたら、次は脇で……。発句と同じ季節、同じ時間、同じ場所で、ぴったり付けるんですよね。そして、最後は体言止めです」

萌さんが言った。航人さんが小さくうなずいた。

「えーとつまり、冬の句で、最後が名詞で終わるってことですよね」

柚子さんが確認する。

「そういうことです」

萌さんが答えた。

「そうか、じゃあ、また冬の季語を入れないといけないってことか」

柚子さんが歳時記をめくりはじめた。

「これはどうですか」

悟さんがさっと短冊を出した。

「あ、いいですね。素敵だと思います」

萌さんが答える。

「うんうん、いいと思う句が来たら、すぐに選んでもいいですよ。月や花はみんなから出るのを待った方がいいけど、毎回悩んでると時間がいくらあっても足りませんからね」

航人さんが言った。

「じゃあ、今回はこちらにします」

萌さんがそう言って短冊を蒼子さんに渡した。

冬晴れや少し遅れて部屋に着く　　蒼子

買ったばかりの青いセーター　　悟

「ああ、いいじゃないですか。さわやかで」

航人さんが微笑む。

「そう、悟さん、今日は青いセーターなんですよね。きれいな色だなあ、って思ってたんです」

蛍さんが言った。

「今年買ったんですよ。あざやかな色はあまり着ないんですけど、これは見たとたんにすごくいい色だな、と思って。今日はじめて着たんです」

悟さんがうれしそうに言った。

「さて、じゃあ、次からは自他場がからんでくるからちょっと大変なんですよね」

「自他場！　なんでしたっけ、それ」

柚子さんが訊いた。

「自は自分が出てくる句で、他は他人が出てくる句で、場は人が出てこない句っていうあれです」

萌さんが答える。

「あと自他半もありますよね。自分と他人両方出てくる」

蛍さんが言った。

「そうでした。冬はもう離れていいから、季節はなしで良くて、発句が自の句なので、ここは自以外。他か場か自他半……。それで、第三なので、最後は『て』止め。『なになにして』とか『なになにで』みたいな形で終わる……。あとは……」

萌さんが指を折りながら条件をあげていく。

「発句脇の世界からは大きく離れるんでしたよね。ここでいったん切れちゃうくらい離れてていい、と」

「そうそう」

航人さんが微笑んでいる。

「とにかく、もう季節はなくていいんですね。で、自分以外の句で、て止め……。ちょっと思い出してきた」

柚子さんはそう言って、短冊を手に取った。

第三には、蛍さんの「人知れず砂漠の井戸に水満ちて」が付いた。詩的で素敵ですね、とみんなで盛りあがった。

次を考えていて「硝子の瓶で苔《こけ》を育てる」という句を思いついた。

わたしはあずきブックスで働きながらいろいろな店のポップを書く仕事を請け

負っている。そのなかに、「houshi」という園芸店がある。羊歯《しだ》や苔ばかりを扱い、『風の谷のナウシカ』のような雰囲気だと評判の店だ。

夏にデパートで開催されたhoushiの催事のパンフレット作りを手伝い、催事も見にいった。そのときに見たガラス瓶のなかの苔と羊歯の世界を詠んでみたいと思ったのだ。

だが苔の季語が気になった。歳時記を見ると「苔茂る」「苔の花」は夏の季語だが、単なる「苔」は出ていない。でも「苔を育てる」となるとなんとなく夏っぽい雰囲気になってしまうかもしれない。

それで「硝子の瓶で森を育てる」にした。非現実的な情景だが、ここのところ現代短歌を読み続けていたせいで、そのくらい大丈夫なんじゃないかと思った。

萌さんもほかのメンバーもおもしろがってくれて、萌さんはもうひとつ候補に残っていた陽一さんの「異国の風を運ぶキャラバン」とどちらを選ぶか相当悩んでから、わたしの句の方を取ってくれた。

次は月の座。ここは柚子さんの「推敲を終えて眺める明けの月」。徹夜で推敲している様子が目に浮かぶ句で、その後桂子さんの「鳥渡り来る湖の岸」で表六句が終わった。

冬晴れや少し遅れて部屋に着く　蒼子
買ったばかりの青いセーター　悟
人知れず砂漠の井戸に水満ちて　蛍
硝子の瓶で森を育てる　一葉
推敲を終えて眺める明けの月　柚子
鳥渡り来る湖の岸　桂子

5

裏にはいったところで、保冷バッグを開けた。

「その保冷バッグ、やっぱりお菓子だったのね。ずっと気になってたのよ」

蒼子さんが言った。なかから棗バターのはいったほっそりした箱を出した。

「えーっ、なんですか、おしゃれ。はじめて見る箱ですね」

萌さんが言った。

「そうなんです。いつもならおとし文なんですけど、餡が苦手な柚子さんがいらっしゃるので、今回はちょっと変えてみました」

「うわ、そうだったんですね。いつもながら気をつかわせてしまってすみません。

わたしも今度なにか持ってきます」

柚子さんが申し訳なさそうに頭をさげた。

「どんなお菓子なんでしょう」

蛍さんがやってきて覗きこむ。かかっていた紐を解《ほど》いて蓋を取ると、みんな、えーっ、と声をあげた。

「なんですか、これ？」

「棗バターっていうんです。やわらかいドライフルーツの棗のなかに発酵バターがはいってるんですよ」

「うわ、それはなんかとてつもなくおいしい気がする」

陽一さんが言った。

「どんな味かちょっと想像できないですけど、楽しみですね」

悟さんもにこにこ笑いながらそう言った。

ひとつずつ懐紙《かいし》に取って、みんなの前に置いた。

「どれどれ」

みんな不思議そうな顔をしながら口に運ぶ。

「え、おいしい」

ひとくち食べたとたん、萌さんがつぶやいた。

「意外な味ですけど、組み合わせが絶妙ですね」

「これはお酒にも合いそうですね」

蛍さんと陽一さんが言った。

「世の中にはこんなお菓子があるんですねえ。これは出合えてハッピーでした」

柚子さんもふむふむとうなずいた。

「ここのお菓子は、草かんむりのついてない、果実の『果』に子どもの『子』って書くみたいです。果実を丸ごと生かしたもの、ということで」

お店で読んだ解説を思い出しながら言った。

「これも棗そのものですもんね。そこに発酵バターと胡桃だけ。これこそ贅沢って感じ」

桂子さんが言った。

「小さいけど、素晴らしい宝物をいただいたみたいで……。満たされました」

悟さんが胸の前で両手を合わせた。

「ところで、萌さん、どうですか、捌きは」

蒼子さんが訊いた。

「めちゃくちゃ緊張しちゃって……。捌き、やっぱりたいへんだなあ、って」

萌さんが答える。

「そーお？　式目もしっかり覚えていて、落ちついてできてたと思うけど」

　桂子さんが言った。

「いえ、そうでも……。ちゃんと覚えているつもりだったんですけど、いざ捌きとなるとうっかり忘れちゃうこともあって」

「いやいや、それはだれでも同じですよ。僕だってよく見落としますから」

　航人さんが笑う。

「そうよねぇ、そこはみんなで指摘すればいいことだし」

　桂子さんもうなずいた。

「でも、実際にやってみると、思ったよりむずかしいです。季節はわかりやすいんですけど、やっぱり、句の意味を読み取ったり、付け合いを見たり、前に戻らないようにしたり、っていくつも同時に考えないといけないし……」

　萌さんがうーんとうなる。

「いちばんプレッシャーなのは、いい句がいくつかならんだとき、どれを選ぶかですよね。その後の展開がそこで分岐しちゃうわけじゃないですか」

「連句の場合、なにか障りがあって、いい句でも取れないことはよくありますよね。でも障りがなくて、おもしろい句が複数ならんでしまうこともある。そのとき捌きの個性が出るんですよね」

航人さんが言った。

「今日の一巻も、同じひとつばたごのメンバーで巻いてますけど、いつもとはちょっと雰囲気がちがう気がしますよ」

悟さんがホワイトボードを眺めた。

「そう、ちゃんと萌さんらしさが出てると思います」

陽一さんもうなずく。

「これがわたしらしさなのかあ」

萌さんもホワイトボードをじっと見た。

「でも、なんか、ほかの句の方に進んでいたら拓《ひら》けていたかもしれない別の世界が頭にちらついちゃって」

萌さんが笑った。

「まあ、実際の人生もそうじゃないですか。今日の晩御飯のおかずをどっちにするかとか、この本とこの本でどっちを買うかとか、選択の連続です。皆さんだってなにかしらの選択で、このひとつばたごにやってきた。やってこない未来もきっとあったわけで」

航人さんが言う。

「そうか。そしたらどうなってたんだろう」

萌さんが目をぱちくりさせた。

「でも、結局ひとつの道しか選べないでしょう。想像としてはほかの道もあるけれど、ほんとうは存在しない。実際の道は一本」

航人さんの言葉に、森原さんのことを思い出した。航人さんは森原さんと結婚して、離婚した。どういうことがあったのかくわしいことはわからないけれど、そこまでの道にはいくつも分岐点があったんだろう。

わたしだって同じだ。ここにいる人もみんな同じだ。人生は日々小さな分岐の連続で、なにを選んだかでその後が変わっていく。分岐だと気づかないまま、なにかを選んでしまっていることもあるんだろう。

「捨ててしまった短冊も宝の山ですよね。名句がたくさんある。その巻の別の場所で再利用することもあるんですが、取っておいて別の機会に使おうとすると、なぜか輝かないんですよね。すごくいい句なのに、ぴったり来ない」

「そうよねえ。わたしもときどき取られなかった句をメモしておくけど、次の会で出しても、ぴんと来ないのよね。推敲して俳句にできることもあるけど、連句の場ではあまり生かせない」

桂子さんもうなずく。

「即興詩という言葉がありますよね。状況に合わせてその場で作っていく詩です。

中世ヨーロッパの吟遊楽人や、その後の時代の吟遊詩人に使われる言葉ですが、日本の連歌《れんが》もその一種と捉える考え方もあります。そういえば、芭蕉さんの言葉には『文台《ぶんだい》引き下ろせば即《すなわち》反故《ほご》也《なり》』というのがあって……」

「座で連句を巻いている瞬間こそが俳諧の精神であり、満尾《まんび》して文台からおろされた懐紙は反故……つまりゴミに等しい、ってことですね」

悟さんが言った。

「そういうことです。もちろん芭蕉さん自身もそれをほんとうに反故としたわけではなくて、推敲して発表することも認めていた。ただ、やはりその場で繰り広げられる座の文芸としての性格が第一と考えていたんでしょう」

「前に、できあがった連句を友だちに見せたことがあったんですが、そのとき、これ、やってる人がいちばん楽しいよね、って言われたんです。そういうことですね」

萌さんが言った。

「連句はひとりだけの作品じゃない。そこがおもしろいんですよね。今日のこの日があって、この場所があって、このメンバーがいて、全部そろって今日の一巻になる。だから同じ人が作った句でも、別の日の別の場で出すとちぐはぐに感じられたりするのかもしれません」

「でも、もったいないですよね〜。すごくいい句がたくさんあって、これ捨てちゃっていいのか、って、そのたびに罪悪感が……」

萌さんは名残惜しそうに、捨てた方の短冊の山を見つめた。

「それも含めて捌きの仕事なんですよ。それと、あとで作品として発表するとなれば校合《きょうごう》も捌きがおこないます」

「校合？」

萌さんが訊いた。

「連句が終わったあとでおこなう調整のことです。その場でじゅうぶん注意して巻いていたつもりでも、文字になってみると表現の重なりがあったり、流れの悪いところがあったりする。それを捌きが直す。一巻の作者は捌きなんですよ」

「責任重大ですね」

萌さんがうなずいた。

「連句っていうのは、句の選択も含めて楽しむ贅沢な場なんですよね。でも、ときどき思うんです。たくさんの句のなかから一句を選ぶ。そのくりかえしで一巻ができていくけれど、そのほかの可能性も一巻のまわりにまとわりついているんじゃないかって。それがぼんやりした影のようになって、一巻にふくらみを持たせているんじゃないか、って」

航人さんはそう言って、少しさびしそうな笑みを浮かべた。

6

お菓子を食べ終わってから、恋、裏の月と続く。陽一さんのキャラバンの句は裏の月で少し形を変えて復活した。それから花、挙句《あげく》。

「半歌仙っていうのは短いですね、あっという間でした」

柚子さんが言った。

「うーん、短かったんですが、長かった……」

萌さんの言葉にみんな笑った。

「なんか、学ぶことがたくさんありすぎて……。まだ消化しきれてない感じです。次回までにもう一度一巻を見直して、しっかり吸収します」

「大会のときの作品はあとで作品集にまとめるっていう話でしたからね。そのときは校合もお願いしますよ」

航人さんの言葉に、萌さんは、わかりました、とうなずいた。

二次会に行く途中、柚子さんから話しかけられた。

「あの、一葉さん。お菓子のことなんですけど。いつもご面倒をかけてしまってすみません。来月もお邪魔したいと思ってるんですけど、わたしのことは気にせずにお菓子を選んでいただいて大丈夫ですから。あと、わたしもなにか持ってくるようにします」

「いえいえ、気にしないでください。皆さんが楽しめるものを用意するのがお菓子番の仕事ですから。それに、あたらしいお菓子を探すのも楽しいですし」

それはほんとうのことだった。今日の棗バターも、どうなるか心配だったが、みんなの驚いた顔やおいしいと言ってくれたことを思い出すと、なんだかうれしくなる。祖母もきっとこういう気持ちだったんだろう、と思った。

「あと、わたし、餡はダメなんですけど、豆がきらいなわけじゃないんですよ」

「え？」

意味がわからず、柚子さんの顔を見る。

「豆はむしろ好きなんです。甘納豆も大丈夫で……。あと、芋羊羹みたいなお菓子も大丈夫です」

「不思議ですねえ。でも、そしたら来月のお菓子は大丈夫かもしれません。来月のお菓子は高岡《たかおか》にある『不破福寿堂《ふわふくじゅどう》』の『鹿の子餅《かこもち》』なんです。ふんわりした白い餅のなかにあずきがはいっていて……」

「あずき！　それならたぶん大丈夫だと思います！　楽しみです」

柚子さんがうれしそうに言った。

そういえば鹿の子餅も、この前の睡月さんの「爾比久良」と同じように、祖母が法事をきっかけに知ったお菓子だった。お菓子というのは、そうやって生きている人と亡くなった人をつないでくれることもある。

航人さんは桂子さんや蒼子さんといっしょに道を渡りはじめている。広い国道を渡る横断歩道だ。そのうしろに悟さんや萌さんたちがいて、なにか楽しそうに話している。わたしたちもそのあとを追った。

「森原さんのこと、柚子さんにお願いすることになってしまってすみません」

昼間の話を思い出し、わたしは小声でそう言った。

「いえいえ、これもなにかの縁ですから」

柚子さんが答える。

「大丈夫ですよ、なんとかなる気がします」

信号が点滅しはじめる。柚子さんはそう言ってにこっと笑うと、急ぎ足になった。

人生は縁でできているんだな、と思う。

——そのほかの可能性も一巻のまわりにまとわりついているんじゃないかって。

それがぼんやりした影のようになって、一巻にふくらみを持たせているんじゃないか、って。

航人さんの言葉を思い出しながら、駅に向かう道を歩いていった。

おもいで糸巻き堂

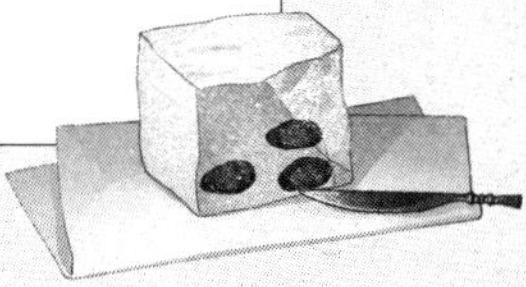

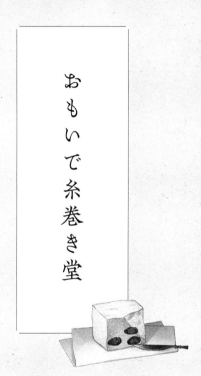

1

森原泉のことが気になって、連句会の翌日「あずきブックス」で本を探した。いちばん有名な「おもいで糸巻き堂」シリーズがあったので、一巻を買ってみた。刺繡店を営む女性が主人公の日常系ファンタジーで、森原泉のデビュー作だ。

——「おもいで糸巻き堂」は糸巻き堂の設定も素敵だし、店主のゆかりさんも謎めいていていて魅力的なんだよね。

「ブックス大城」の先輩はよくそう言っていた。

家に戻ってすぐ本を開いた。一冊に四編の短編がおさめられていて、店を訪れる客の目線で物語が展開していくみたいだ。

最初の客は、三十代半ばの真奈《まな》という女性。付き合っている男性から結婚を申し込まれるが、踏み切れずにいる。悩みながらひとりで路地をさまようちに、見覚えのない店の前に出て、「おもいで糸巻き堂」という看板と古い木の扉に惹かれてなかにはいる。

棚にはさまざまな色の刺繍糸がならんでいて、それを小さな糸巻きに巻いている女性がいる。真奈が話しかけると、彼女はここは客からの依頼で刺繍をする店だと答える。

ゆかりというその店主は、真奈を席に座らせ、お茶を淹れる。落ち着いた雰囲気に誘われ、真奈もティーカップを手に取る。知っている人に話すより気が楽だというこ とともあって、自分の迷いを打ちあける。

数年前からつきあっている男性が地方都市に赴任することになり、その前に結婚したい、という話になった。真奈も仕事をしており、結婚するならいまの仕事を辞めなければならない。男性の赴任は長引きそうで、結婚を断れば別れることになるだろう、と思う。

これまでの人生で、こんなに長くつきあった相手はおらず、この人と別れたらもう一生結婚はしないだろうと思っている。仕事を辞めたくないのか、という問いに、いまの会社の仕事に限界を感じているので、越した先で別の仕事を探してもいいと思っていると答える。

両親もいまはそろって健康で、結婚に賛成している。家を出る上での心配もない。なのになぜ結婚に踏み切れないのか。真奈は自分でもよくわからない、と言う。

ゆかりが、ではなにか刺繍してみましょうか、と言う。色を選び、好きなアルファベットの一文字をハンカチに刺繡する。持っているとお守りになり、正しい道を選ぶ効能があるという。真奈は半信半疑ながら、代金も高くないのでやってみようかと思う。

ゆかりは棚からたくさんの糸巻きを出してきて、どれがいいか、と真奈に訊く。糸を見るうちに、真奈はなぜか自分の家を思い出す。生まれたときからずっと同じ家に住んでいるが、数年前に改築している。だがなぜかそのとき頭に浮かんだのは、改築前の古い間取りの家だった。

そこまで読んだとき、母の声が聞こえた。勤めから戻ってきたらしい。今日は父は帰りが遅くなるという話で、母が帰ってきたら夕食をとろうと約束していた。

本に栞《しおり》をはさみ、リビングに移動した。

向かい合って食事をとりながら、ぼんやり母の話を聞いていたが、心のなかではずっと「おもいで糸巻き堂」の続きが気になっていた。食器を片づけるとすぐに部屋に戻り、どきどきしながら本を開いた。

真奈は店主のゆかりに、糸の色はどうしますか、と訊かれる。真奈は淡い色がならぶ箱のなかから、導かれるようにラベンダー色の糸を選ぶ。次に、アルファベットはなににしますか、と問われ、Mと答える。

Ｍ。しかし自分の名前の頭文字としてではない。かつて真奈には未奈《みな》という双子の妹がいて、未奈はふたりが中学生のときに事故で死んだ。真奈が頭に浮かべたのは未奈のＭで、ラベンダー色は未奈の好きな色だった。

——なぜＭを選んだのですか。

ゆかりに問われ、真奈は妹の話をする。真奈と未奈は仲が良かった。顔かたちはそっくりだったが、性格はずいぶんちがった。真奈は活発で社交的、未奈は成績は良いが内気だった。

中学にはいると、真奈は吹奏楽部で活躍し、未奈は入部した読書部にも出ず、家にすぐに帰ってくるようになった。真奈は未奈とは別のクラスだったが、教室でひとりきりで本を読んでいる未奈をよく廊下から見かけた。

事故が起こったのは二年生の二学期の文化祭前のこと。文化祭での公演に備え、吹奏楽部は毎日放課後の部活のほかに朝練もおこなっていた。

その日、真奈が朝練に出るために洗面所で身支度をしていると、うしろから未奈がやってきて、真奈に話しかけた。遅刻しそうになって急いでいた真奈は、あとで学校で聞くから、と言って家を出てしまう。

そのあと、いつもより一本早いバスに乗ろうとして家を出た未奈は、バス停の近くの路上で事故に遭い、命を落とした。以来、真奈は持ち前の快活さを失い、吹奏楽部もやめてしまう。

——あの朝、未奈がなにを言おうとしていたのかは結局わからないままで。いまでもその朝のことを夢に見ることがあるんです。でも、必ず未奈が話し出す前に目が覚めてしまう。

真奈はそう答える。ゆかりは真奈の前に針と糸を差し出し、この針に糸を通してください、と言う。受け取った真奈が針の穴を見つめたとき、その向こうに改築前の家のなかの風景が見えた。

気がつくと、真奈はその部屋の洗面所にいた。鏡のなかの真奈は中学生だった。キッチンから父親と母親の声が聞こえる。父親は出張に出るために急いでいるみたいだ。腕時計を見ると七時前。これは事故のあったあの朝だと思う。

もしかして、タイムスリップしたのか。真奈は一瞬そう思う。だとしたら未奈に伝えなければ。一本早いバスに乗ろうとしてはダメ。いつもの時間に出るように、と。そうすれば事故に遭わずに済むかもしれない。そのままじっと待っていると、うしろから未奈の声がした。

——真奈。

鏡のなかに未奈がいた。中学生のままのなつかしい姿に思わず立ち尽くす。

——あのね、未奈。よく聞いて。わたしはこのあと部活に行く。そうして、未奈はいつもより一本早いバスに乗るために少し早く家を出る。

真奈はふりかえり、未奈に向かってそう言った。

――う、うん、そうだよ。今日は読書部で文化祭のための話し合いがあって……。

でもどうして知ってるの？

未奈はきょとんとした顔になる。

――理由はいいから。とにかく一本前のバスに乗るのはやめて。

――そんなこと言われても……。

未奈は困ったように言った。

――今日は文化祭の読書部の企画の役割を決める話し合いなんだよ。それでね、わたし、朗読に立候補しようと思って。

――朗読？

――読書部で朗読劇をやるんだよ。いつもは展示だけなんだけど、それだけじゃもったいないないからなにかやろうっていう話になって。部長が提案したんだ。朗読劇をやろうって。

――朗読劇を？　未奈がそれに？

内気な未奈が朗読劇に出る？　真奈は信じられない思いで未奈の顔を見る。

――立候補するだけで、まだ選ばれるって決まったわけじゃないけどね。朗読する人は、読む本を自分で選べるんだ。みんなに読んでもらいたい本があって、それなら立候補しようかって。

未奈が言った。

――いま、吹奏楽部が毎朝練習してるでしょう？　わたしが登校する時間、校門をはいったところでいつもその音が聞こえる。それが楽しみなんだ。あのなかに真奈の楽器の音もあるんだって思うと、すごくうれしくなる。だから、わたしもがんばってみようかな、って。

未奈はそう言って笑った。

――お父さんとお母さんには、朗読メンバーに選ばれるまで秘密にしておこうと思うんだけど、真奈には言っておきたかった。そしたら勇気が出ると思ったから。

未奈はあのとき、これを伝えようとしていたのか。

――練習、がんばってね。

未奈の姿が消える。

もう一度鏡の方を見たとき、そこにはゆかりの顔があった。真奈はラベンダー色でMと刺繍されたハンカチを受け取り、店を出る。

しばらく歩いてふりかえると、さっきあったはずの木のドアが見あたらない。引きかえして探してみたが、「おもいで糸巻き堂」は見つからなかった。

しかし、手のなかにはラベンダー色の糸でMの文字が刺繡されたハンカチがあった。その文字を見た真奈は、自分が先に進めなかったのは、未奈を置いて家を出ることはできないという気持ちがあったからだと気づく。

だから、わたしもがんばってみようかな、という未奈の言葉を思い出した真奈は、恋人と結婚してあたらしい世界に進むことを選ぶ。

第一話はそんな物語だった。続けて二話、三話と読み進めた。客はおもいで糸巻き堂でかつて見ることのできなかった過去を見て、自分の心と向かい合う。そうして一歩店を出ると、もう二度とそこに戻ることはできない。

第四話はある女性と亡くなった祖母をめぐる物語だった。祖母の死後に「ひとつばたご」に通うようになって、それまで知らなかった祖母の姿に触れたわたしは、糸巻き堂で若いころの祖母の姿を見てはじめて、その気持ちを理解した主人公にいたく共感してしまった。

いつのまにか本の世界に引きこまれ、夢中になっていた。そして、しだいに糸巻き堂の店主ゆかりのことが気になってきた。一巻の最後まで読んだが、ゆかりの正体についてはわからないまま。先が気になって、一巻だけしか買わなかったことを後悔した。

お風呂にはいったあと、ネットで森原泉のことを調べてみた。検索していると、「おもいで糸巻き堂」シリーズ第一巻を出版したころのインタビュー記事などもいくつか見つかった。

このシリーズはもともと出版社主催のファンタジー小説の賞で最終選考まで残った長編を大幅に改稿して連作短編の形にしたものらしい。

——応募作は、糸巻き堂の店主のゆかりが主人公だったんです。過去を見ることができる「糸巻き堂」の存在を知ったゆかりがさまざまな手がかりから「糸巻き堂」を探し、たどり着く。そこで先代の店主と出会い、糸巻き堂を引き継ぐまでの物語でした。

インタビューのなかで森原さんはそう語っていた。しかし、選考委員からは「仕掛けは考えられているが展開が冗長」「現代性に欠ける」などと評され、受賞を逃した。

だが、糸巻き堂の設定を気に入った編集者がいて、相談するうちにいろいろなお客さんが訪ねてくる短編連作にする案が出た。森原さんは一年かけて、糸巻き堂を短編連作の形に練り直していく。そうして刊行された一作目が好評でシリーズになったのだ。

だが、記事のどこにも鹿島千草だったころの話は出てこなかった。柚子さんも、森原泉として再デビューしたあと、以前の筆名については公表していなかったと言っていたし、やはり隠していたのかもしれない、と思った。

2

翌日、あずきブックスで仕事を終えたあと、「おもいで糸巻き堂」シリーズの続刊を買った。最後まで読むことは確定だと思い、一冊ずつではなく完結編の四巻まで大人買いした。

帰ったらすぐこれを読むぞ、と思いながら歩いていたとき、突然スマホに着信があり、見ると蒼子さんだった。

「もしもし、一葉さん？」

電話を取ると、蒼子さんの少し焦っているような声が聞こえた。蒼子さんがいきなり電話してくることはあまりない。たいてい、電話したいが何時くらいならいいか、というメッセージがくる。

「はい。どうかしましたか？」

よほど急いでいるのかもしれない、と思い、そう訊いた。

「ええ、ちょっと困ったことになってしまって……」

蒼子さんが言った。蒼子さんはまだ会社で仕事中で、いまは休憩時間らしい。

「今日の昼休み、メールで一月の連句の大会に関する連絡が来てるのに気づいて……。大会の概要が一覧になっていたんだけど、その参加者名簿のなかに森原泉さんの名前があったの」

「え、森原さんが？」

驚いて声をあげた。本の世界に夢中になって、本筋である航人さんと森原さんの確執のことをすっかり忘れていた。

「もちろん、名前だけなら同姓同名の他人ってこともあるかもしれないけど、森原さんのいる『偏西風《へんせいふう》』っていう座には、わたしも聞いたことのある出版関係者が何人かいて、小説家らしい人がもうひとりいるの。だからまちがいないと思う」

蒼子さんが言った。

「わたしたちは睡月さんに声をかけられたけど、大会を仕切っているのは若い人たちだって言ってたでしょう？　今回の連絡もその代表の人から来たの。睡月さんは千草さんが森原さんっていう名前で活動していることを知らないだろうから、見たとしても気づいてないと思う」

「でも、森原さんの方は気づくんじゃないですか？　航人さんの名前があれば」

「ううん、わたしたちの参加はあとから決まったし、完全にメンバーが確定していないでしょう？　それでいまはまだ『ひとつばたご1』、『ひとつばたご2』って書かれてるだけで、メンバーは空欄になってるの」

柚子さんの参加は確定したが、二座出すためにはメンバーが最低でももうひとり必要だ。蛍さんが妹の海月さんに訊いているが、海月さんは学校行事との兼ね合いでまだ参加できるかはっきりしないらしい。久子さんと啓さんにも声をかけているが、こちらも返事待ちになっていた。

「航人さんは大会のようなものにあまり出たがらなかったから、連句協会にも所属してない。だからみんなひとつばたごのことも知らない」

蒼子さんはそう言った。森原さんが航人さんに会いたくない場合、一覧に航人さんの名前があれば参加を控えるかもしれない。だがこのままでは、おたがいに知らないまま会場で鉢合わせすることになってしまう。

「柚子さんが森原さんと話すってことになってましたけど、それはどうなったんでしょう？」

と言っても、連句会からまだ何日も経っていない。柚子さんがその知り合いにすぐに連絡を取ってくれたとしても、まだ会うところまではいっていないだろう。

「うん、昼休みに柚子さんに連絡して訊いてみた。今週末に会うことになったんだって。でも連句の大会で同席することになるかもしれないって話したら、それをどう伝えたらいいのかって考えこんでしまって」

前回の話では、柚子さんの役割は、森原さんが現在作家として活動していることを航人さんに伝えていいかどうか確認するだけだった。だが大会で顔を合わせるかも、となると、だいぶ話がちがう。

柚子さんは航人さんとまだ数回しか会ったことがなく、森原さんとは出会ったばかり。どう話せばいいか迷うのは当然だ。

「桂子さんにもメールして、そしたら桂子さんからすぐに自分も同行するって返信が来たの。でも、柚子さんはまだ森原さんにひとつばたごのことを話してないわけで、桂子さんがいっしょに来たら不意打ちでしょう？　桂子さんが森原さんに会うのもちょっと不安だったし」

「桂子さん、だいぶ怒ってるみたいでしたからね」

「それで、桂子さんを止めたんだけど。でもね、桂子さんは森原さんが嫌いだったわけじゃないのよ。むしろ、森原さんをいちばん買ってたのは桂子さんで……」

「そうなんですか」

「織細で詩的で、すごくいい、って。でも、『堅香子』の年配の男性陣は若い女性との接し方がよくわかってなかったっていうか、照れがあったのかもね。『千草ちゃんは少女だから』って、勝手に『ちゃん』づけで呼んだりして」

「なんとなくわかる気がします」

睡月さんの雰囲気を思い出しながらそう答えた。

「森原さんはそういうノリが苦手だったんだと思う。学生の会には参加してたけど、堅香子にはあまり来なかった。でも、桂子さんは何度も声をかけてたの。睡月さんも、彼女が来るときは変なことを言わないように桂子さんに諫《いさ》められた、って言ってた」

「そうだったんですね」

そのやりとりが目に浮かぶような気がした。

「わたしはまだ堅香子にはいったばかりだったし、森原さんについては航人さんの奥さんでときどき堅香子に来る、くらいの認識しかなかった。でも、たしかに素敵な句を作ってたのよね。硬質で上品で……」

蒼子さんは表現に迷ったのか、そこで少し言葉をとめた。

「睡月さんたちは、当時話題になってた吉本《よしもと》ばななさんとか俵万智《たわらまち》さんとくらべてたけど、わたしから見るとちょっとちがって。小説家でいうと小川洋子《おがわようこ》さんとか、現代詩で話題になっていた川口晴美《かわぐちはるみ》さんと通じる感じだったのよね。ひんやりしたガラスみたいな雰囲気。外見もね、線が細くて、きれいな人で」

ひんやりしたガラスみたいな雰囲気。「おもいで糸巻き堂」シリーズとは少しちがう気がした。

「彼女のことは冬星さんも評価してたのよ。とくに自の句と場の句がいいって」

「自の句と場の句？」

「自分の感覚と、人間のいない世界を描くのが得意だったのね。ただ、恋句みたいな、人の情にまつわる句を作るのは苦手だった。それで冬星さんが彼女に言ったことがあるの。連句にはいろいろな要素が必要だ、桂子さんのように精神性の高い句も、千草さんのような繊細な句も素晴らしい。でも、それだけじゃ連句にはならない。情にうったえる句、激しい恋の句、下世話な句、そういうものが全部集まって一巻になるんだ、って。それをひとりで全部できる人はいない。だからみんなで集まって巻くんですよ、って」

「森原さんはなんて？」

「じっと聞いて、わかりました、って答えた。それからときどき堅香子に来るようになって、桂子さんも喜んでたんだけど……。そもそも桂子さんは航人さんと彼女が結婚したときは、すごく心配したらしいの。うまくいくのか、って」

蒼子さんはそこで言葉を切った。

「まあ、結局、桂子さんの心配通りになっちゃったのよね」

航人さんは堅香子をやめ、連句の世界から遠ざかってしまった。そのあいだに冬星さんは病気で亡くなり、一周忌の直前に蒼子さんが偶然航人さんと会った。蒼子さんの誘いで航人さんは堅香子最後の連句会で捌きをつとめ、その後ひとつばたごを結成した。以前、桂子さんや航人さん自身からそう聞いていた。

「まったくねえ。連句は遊びの席。日ごろの仕事や身分から離れた個人として集うって言うけど、生きた人間が集まってるわけで、きれいごとだけっていうわけにはいかないのよね。長いことやってるといろいろわずらわしいことも起こる」

蒼子さんがため息をついた。

「とにかく、そのころのことを考えると、いきなり桂子さんが出ていくのはちょっと心配で。だから、そこまで彼女と親しくなかったわたしが行った方がいいのかも、って」

蒼子さんはあきらめたように言った。

「でも、どうするんですか。蒼子さんが行くにしても、森原さんに断らずに蒼子さんがいたら、やっぱり騙《だま》し討ちみたいになってしまいますよね」

「うん。だから、そこは仕方ない。柚子さんには申し訳ないけど、森原さんにあらかじめ話しておいてもらおうと思ってるの。自分は航人さんが主宰をしている連句会に通ってる、大会のことでわたしが会いたいと言っている、って」

「それで森原さんが会いたくないって断ったら、どうするんですか？　柚子さんもせっかく知り合いになったのに、そこで関係が終わってしまうわけですし」

「でも、言わないでいたら、大会で鉢合わせでしょう？　柚子さんは大会に参加しなければ連句をしてることもバレないかもしれないけど、それは柚子さん自身も騙しているみたいで嫌だって言ってたから」

「そうですよね……」

黙っている期間が長引くほど言い出しにくくなりそうだし、言うならいましかないだろう。

「一葉さんもごめんなさいね、ややこしいことに巻きこんじゃって」

蒼子さんが申し訳なさそうに言った。

「いえ、それは大丈夫です。それより……」

わたしは蒼子さんに「おもいで糸巻き堂」シリーズのことを伝えようと思った。これを読めば、いまの森原さんのことが少しわかるかもしれない。

「わたし、実はいま森原さんの小説を読んでいるんです」

もう家の近くまで戻ってきていたが、そのまま家にはいるのはやめ、外の道をぶらぶら歩きながらそう言った。

「え、森原さんのって、いまの作品？」

「森原泉さんになって最初の作品ですから、もう数年前のものですが。『おもいで糸巻き堂』っていう文庫シリーズで、けっこう話題になったんです」

「わたしも文芸書を担当してる知り合いに聞いたわ。評判のいいシリーズなんですってね」

蒼子さんは出版社の校閲室に勤めている。だが専門書や学術書を担当することが多く、文芸関係のことはそこまでくわしくないみたいだ。

「とりあえず昨日あずきブックスで一巻だけ買って読んでみたんですが、すごくおもしろいんです。それで今日、残りの巻も買ってきたんですよ」

「さすが書店員」

「読んでみて、柚子さんが言ってた通り、森原さんはおだやかな人のように感じられました。ネットで出版当時のインタビューも見つかったんですが、そちらも落ち着いた受け答えで。この前桂子さんが言ってたみたいな、自分本位で周りが見えないタイプには思えませんでした」

「かなり年月が経ったんだもの、変わるわよね。性格の根幹は変わらないかもしれないけど、考え方や人に対する態度は変わると思う」


わたしもひとつばたごの連句会に行くようになって、少し変わったと思う。取り柄もないし、自分にはなにもできないと思っていたが、いまはちがう。

特技が見つかったというようなことではなく、自分の力でもできることはあって、恐れずに取り組もう、と思えるようになっただけだが。性格は変わっていないが、生き方は少し変わった。

「むかしは成長するのはせいぜい二十代前半までで、そのあとはずっと同じって思ってたけど、ちがうのよね。子どもを産んで変わったし、夫が亡くなったあとも変わった。二十年前の自分はいまとは別人みたいに思える」

蒼子さんが笑った。

「森原さんもそうなのかもしれない。あのころは気後れして話せなかったけど」

「気後れ？　蒼子さんの方が年上なんじゃないんですか？」

たしか蒼子さんは航人さんより少し年上。森原さんは航人さんより年下だったはずだから、蒼子さんの方がかなり上のはず。

「年はね。でも連句の世界ではふたりの方が先輩だったから。わたしが連句をはじめたのは三十代だけど、あのふたりは学生時代にはじめてるでしょ。エリートって感じがしてたのかも。とにかく、あのころからどんな人なんだろうって思ってたし、わたしもその本、買ってみようかな」

「ほかのシリーズは読んでないのでよくわからないですけど、この『おもいで糸巻き堂』は読みやすくてとてもおもしろいですよ」

「じゃあ、帰りがけに本屋さんに寄って探してみる」

蒼子さんがそう言って、通話が終わった。

3

家に帰るとすぐ二巻を読みはじめた。失速することはなく、あいかわらずおもしろい。いろいろな年齢のお客さんが出てくるが、それぞれの悩みがかぶることもなく、飽きずに読めた。

三巻を読みはじめたところ止まらなくなって、最後の四巻に突入してしまった。最後まで読んでしまったら、このシリーズは終わり。それが惜しくて読むのをやめようと思ったが、続きが気になった。

四巻の第二話は、恋人と別れた彩子《あやこ》という女性の話だった。恋人は誠一《せいいち》といい、美大生だったふたりは在学中に知り合った。専門の油彩では誠一の方が周囲から評価されていて、彩子は引け目を感じつつ、誠一の才能に惹かれてつきあっている。

だがあるとき、彩子は誠一と別れる。その後美術作品としての絵画の制作をやめ、イラストの仕事をはじめる。本の装画や挿絵で話題を集め、いまは人気イラストレーターになっている。一方、誠一は絵画の世界から姿を消してしまっていた。

再会することなく時が経ち、彩子のもとに、誠一の死を告げる便りと小さな包みが送られてくる。便りは誠一の家族からのもので、誠一は絵画教室で生計をたてていたが、病に倒れ、亡くなったと書かれていた。

誠一の死を受け止められず町をさまよっていた彩子の前に、「おもいで糸巻き堂」が現れる。読んでいるうちに、なぜか桂子さんや蒼子さんから聞いていた航人さんと森原さんの話を思い出した。

美術と連句で志している世界はちがうが、これはふたりのことがモデルになった物語なんだろうか。だとしたら、彼女が航人さんのもとを去ったのは、航人さんの方が連句の才能があると思ったから？

でも、それはなんだかおかしい。連句というのは、句の出来を競うものではない。冬星さんが航人さんと似た考えの人なら、連衆《れんじゅう》同士が競うような巻き方はしなかったはず。連衆それぞれがほかのメンバーに憧れや劣等感を持つことはあるのかもしれないが、なんとなくぴんと来なかった。

わからない、と思いながら読み進めた。それまでのどの話にも引きこまれたけれど、この話は特別迫力があった。もしかしたら森原さんはこの話を書くためにこのシリーズを書き続けていたのかもしれない、とさえ思った。

物語の途中まで、過去に彩子が誠一のどんな言葉に傷ついたのかは語られない。だが、糸巻き堂で過去の世界にはいった彩子は、そこでもう一度誠一に出会い、そのときの言葉を耳にする。

――すまない。そんなつもりじゃなかったんだ。

誠一はそう言った。

そのころ彩子はとある版画の公募展に作品を出していた。大学の授業で銅版画を手がけたとき、彩子はこれは自分に向いていると感じた。とくに手のひらにのるような小さな世界に。小さくても深い世界に人を引きこむ。油彩では誠一に勝てないが、この世界なら自分を表現できる。彩子はそう感じた。

だが実際には、彩子の作品は佳作にとどまり、誠一の銅版画の作品が特選を取った。誠一がその公募展に作品を出していたことを彩子は知らなかった。この世界でも誠一に負けた。それは彩子の心を深く傷つけた。

誠一は、彩子がそれほどまでにその公募展にかけていることに気づかなかった。作品を出す前、彩子が「つきあいで出すだけだから」と言っていたから。

彩子はそれまで誠一と同じ公募展に作品を出すことはなかった。でも誠一は、一度くらい彩子と同じ公募展に作品を出したいと考えていた。同じ部屋に作品がならぶことを夢見ていたのだ。

そして実際に、作品は同じ部屋にならんだ。だが、誠一の作品は大きな「特選」の札とともに一枚で飾られ、彩子の作品はほかの佳作とならんで展示された。

彩子は、なぜこの公募展に応募したのか、と誠一をなじった。誠一は驚き、「そんなつもりじゃなかった」と答えた。彩子にとっては、誠一が驚いたことも、「そんなつもりじゃなかった」という答えも、作家としての自分を軽んじたものに感じられ、許すことができなかった。

過去に戻った彩子は、壁に飾られた誠一の銅版画を見ながら、そこに宿る輝きに心打たれた。あの銅版画はこんなに素晴らしいものだったのか、と思った。あのときは怒りで誠一の作品をまともに見ていなかったのだ。

誠一にはかなわない。銅版画を見ながら、彩子はそう感じる。それは誠一と別れて、ひとりでイラストレーターとしての道を歩むなかで感じてきたことでもあった。

誠一の銅版画には大きな木が描かれていた。彩子は鳥が好きで、公募に出した銅版画も鳥を描いたものだった。

彩子のそのときの小さな銅版画は賞としては佳作にとどまったが、ギャラリーから声がかかり、個展を開いたところ買い手がついた。イラストレーターとしての仕事も受けるようになり、世の中から認められた。

彩子はそれこそが自分の道だったのだと感じた。だが、誠一に負けたこと、その後誠一が絵画の世界から姿を消してしまったことは心のなかに澱《おり》のようにわだかまっていた。だが、再会することなく誠一はこの世を去った。

最後、我にかえった彩子はゆかりから誠一のイニシャルのSが緑の糸で刺繡されたハンカチを受け取り、外に出て、誠一の家族から送られてきた包みのことを思い出す。

開封せずに引き出しに封印したが、大きさから考えてあのときの銅版画だと察していた。過去の世界で作品を見た彩子は、誠一に勝てなかったことを受け入れる。そして、誠一が描いた木は鳥をとまらせるためのものだったのかもしれないと気づく。ほんとうは勝ち負けなど存在しない。そう悟った彩子は、その銅版画を飾ろうと決める。

最後まで読んで、やはりこれは航人さんと森原さんの話なのではないか、と思った。鹿島千草だったころ、彼女が書いていたのはもっと文学的な作品だったのだろう。いまはその道を断念し、文庫シリーズを書いている。物語のなかの彩子と通じるものがある気がした。

わたしはこのことを蒼子さんに伝えなければ、と思った。時計を見ると、もう深夜をとうに過ぎている。それでメールを書くことにした。ぜひシリーズ四巻の二話を読んでほしい、と。

帰りに本屋に寄ると言っていたけれど、本を買えたかどうかわからない。一巻だけしか買っていないかもしれない。だが、航人さんと森原さんを思わせる物語なので、ほかを飛ばしても読んでほしい、と書いて送った。

結局、その日はそこまでにして眠ることにした。二話の余韻が強かったのもある。すぐに次の話に行くのではなく、咀嚼《そしやく》してから進みたいという気持ちがあった。

とはいえ、眠りについたのは二時過ぎ。翌日は休みだったこともあり、目が覚めたのは九時近かった。

起きあがってリビングに行ったが、父も母も仕事に出てしまっていてだれもいない。冷蔵庫を開けて飲み物とバターとヨーグルトを取り出し、食パンをトースターに入れる。

パンを一口かじったとき、スマホがふるえた。見ると、蒼子さんからメッセージが届いていた。夜遅く送ったメールへの返信だった。

蒼子さんはどうやら昨日の帰り、会社の近くの大型書店に寄り、「おもいで糸巻き堂」シリーズの全四巻を手に入れていたみたいだ。まずは四巻の二話を読んでみます、と書かれていた。

そういえば連句会の今月のお菓子をまだ注文していなかった。今月のお菓子は「不破福寿堂」の「鹿の子餅」。マシュマロのようなふんわりしたお餅に小豆がはいったお菓子である。

不破福寿堂は富山県の高岡市にあるお菓子屋さんで、こればかりは買いに行くわけにいかないので、昨年に続き通販で取り寄せることにした。お届けは最短で五営業日。日持ちが一週間なので、いますぐだと早すぎる。連句会前の水曜に日付指定して注文した。

あとはゆっくり「おもいで糸巻き堂」の最終巻を読むだけ。お茶をリビングのローテーブルに置き、ソファに転がって本を開いた。

最後まで読み終わったあと、しばらくソファで余韻に浸っていた。糸巻き堂と店主ゆかりの謎もある程度解け、少し悲しいながらも前向きな終わり方だった。いいシリーズだったなあ。冷めたお茶を飲みながらそう思い、それまでの巻をぱらぱらめくって読み直した。気がつくと外が真っ暗になっている。あわてて時計を見るとまだ五時台だった。最近は日が暮れるのが早い。

父と母が帰ってきて、夕食をとった。部屋に戻ったところで蒼子さんからメッセージが来ていることに気づく。蒼子さんも四巻の二話を読んだみたいだ。

——一葉さんが言っていた通り、これはふたりのあいだにあったことをモデルにした話なんじゃないかと思います。ここに書かれていることが本心なら、森原さんは航人さんと話したいと思っている気がします。桂子さんにも本を貸して、読んでもらうことにしました。

メッセージにはそう書かれていた。

4

週末がやってきた。夜まであずきブックスで仕事をしていたが、帰る途中で蒼子さんからメッセージが来た。どうなったのか気になって、あわてて電話した。

蒼子さんは柚子さんとともに森原さんと会い、ひとつばたごや航人さんのことを話したらしい。森原さんは驚き、航人さんが不快に思うようなら自分は大会に出場するのをやめます、と言ったそうだ。偏西風の座には八人いて、自分がひとり辞退しても座に影響はないから、と。

森原さんは過去の非礼を詫び、航人さんには償えないほど悪いことをした、桂子さんや堅香子の人たちにも迷惑をかけた、自分が未熟だったから、と深く頭をさげたという。蒼子さんは、そういうことなら航人さんにこのことを話してみる、だから結論を急がないでほしいと話した。

「森原さんもきっといろいろあったのよね、すごくおだやかな人になっていて」

蒼子さんはそう言った。

「よかったです」

「柚子さんも『おもいで糸巻き堂』シリーズを読んだみたいで。四巻の二話の話もしてたの。自分もマンガ家から小説家に転身したから、最初のこだわりを捨てて別の道に進んだ彩子の気持ちに共感する、って話してた」

そういえば、以前連句会で柚子さんからその話を聞いたことがあった。

「森原さんも、あの物語は自分の経験をズラして描いた部分が大きいって言って。むかしの筆名のことを柚子さんに話したのは、あいだにはいった編集さんから柚子さんの経歴を聞いたからだったんですって」

「そうだったんですね」

「さっき桂子さんにも連絡したの。桂子さんもあの話を読んでくれてたみたいで。森原さんの言葉を伝えたら、航人さんには自分から話す、って。航人さんには桂子さんから話してもらうのがいいと思う。だからお願いします、って答えた」

「わかりました、それがいいと思います」

そう答えた。

連句会の数日前、蒼子さんからメッセージが来た。桂子さんは航人さんとちゃんと話したみたいだ、と書かれている。どうなったんだろうなあ、と思いつつ、当日、鹿の子餅を持って会場の大田文化の森に向かった。

　大森駅を出たところで柚子さんとばったり出会い、いっしょにバスに乗った。バスのなかで少し「おもいで糸巻き堂」シリーズの話をした。柚子さんも森原さんと会う前にシリーズを通して読んだらしい。

「あれはたぶん、人生が詰まっているシリーズなんだよね」

　柚子さんが窓の外を見ながらぼそっと言った。

「森原さんの人生ってことですか？」

「うーん、そうとも言えるけど……」

　柚子さんが複雑な顔になる。

「小説を書くときは、多かれ少なかれ自分の体験がまぎれこむものなんだよね。非現実的な物語だったとしても、どこかに真実の部分がある。そうでないと『ほんとう』を描けない」

　柚子さんはいつになく真面目な表情だ。

「でも、自分の想いだけで書いたものはひとりよがりな内容になってしまう。最初はだれでもある程度そこからのスタートになるんだけど、書き続けているうちにまわりの人の想いがぱあっと見えてくる瞬間っていうのがあって……」

　どういう意味なのかよくわからず、柚子さんの顔を見た。

「たとえば、恋愛中って相手を想う気持ちがすべてになっちゃうでしょう？　それだけ書いても小説にはならない。でも、急に相手の気持ちが見えるときがあるじゃないですか。別れの瞬間になってようやくわかる、なんてことも多い気がするけど。相手はこう思ってたんだ、と愕然とする。それがあってはじめて小説になる。なに言ってるかよくわからないかもしれないけど」

「いえ、なんとなくわかった気がしました」

「あのシリーズはそれが詰まってるんだよね。たぶん実際の人生でなにかあって、それまで見えなかったものが見えるようになった。その驚きがあのシリーズを支えている。そういう作品は強いんだよね。同じような人たちの心に響くから」

「再婚したことによるものでしょうか」

「さあ、そこはよくわからない。なにかひとつ決定的な原因があったわけじゃなくて、複合的なことかもしれないし。とにかく、そうやってもうひとつの目が開くような瞬間があるんだよね。それは別に小説家だけじゃないんだと思うけど」

「柚子さんにもあったんですか」

「たぶん、わたしの場合は父が死んだときなんだと思う。死んですぐにってわけじゃないけど、気がつくと世界の見え方が変わってた」

柚子さんはそう言って、窓の外をながめた。

「柚子さん、四巻の二話を読みましたか」

わたしが訊くと、柚子さんはうなずいた。

「わたしはあれ、航人さんと森原さんの話なんじゃないかと思いました。蒼子さんもそう思ったみたいです」

「うん。わたしもそう思う」

「あそこで銅版画に喩えられているものは、連句ってことなんでしょうか。航人さんのところで巻いていると、連句は人と競うものじゃない、っていう印象があるんですが、それも人によって感じ方がちがうってことなんでしょうか」

「どうだろう。わたしはまだはじめて日が浅いから連句のことはよくわからないんだけど。あれは連句のことじゃないんじゃないか、って気がしてる。臆測だけどね。もしかしたら、航人さんも小説を書いたことがあるんじゃないか、って」

「航人さんが小説を？　でもあのときは……」

連句の席で森原さんが小説を書いていたという話になったとき、自分は、短歌も俳句も含めてひとりで作るものは書いたことがないと言っていた。でも、言わなかっただけなのかも……。

そう思ったとき、バスが大田文化の森のバス停に着いた。施設の前の広場で鈴代さん、蛍さん、萌さんと合流した。三人で駅から歩いてきたらしい。萌さんが式目の細かい点についてみんなの意見を訊いている。

「でも、なんといってもいちばん気になるのは、やっぱり『女が出てくると恋』っていう、あれなんですよね。本をいろいろ読むと、恋の情がなければ恋じゃない、って言ってる人もいて」

萌さんが言った。

「でも、その恋の情かそうじゃないかっていう線引きがむずかしいんだよねぇ」

鈴代さんが首をかしげる。

「微妙な句ってありますよね」

蛍さんもうなずく。

「そうなんですよ。読み方によってはなんでも恋の情があるように見えちゃって、そしたらやっぱりもう『表六句には女は出さない』でいいのか、と思ったり」

大会に向けて萌さんの気持ちが盛りあがっているのがよくわかる。蒼子さんからのメッセージでは、航人さんも予定通り参加するという話だったけど、ほんとうに大丈夫なんだろうか、無理をしているんじゃないか、と心配になった。

会場の集会室には航人さん、桂子さん、蒼子さん、陽一さんがいて、なごやかに談笑している。お茶の準備をするうちに直也さんと悟さんもやってきた。

今回はいつもと同じように航人さんの捌きで、歌仙を巻く。航人さんの様子にも変わったところはなく、滞りなく進んでいった。

表六句が終わったところで、鹿の子餅を出した。

「ふわふわでもちもちで、しかも口に入れると溶ける。新食感です。おいしい。真っ白なのもかわいいし、やわらかいのに立方体ってところもギャップがあっていいですね」

一口食べて、柚子さんが言った。

そのあと、直也さんが柚子さんの新作について質問し、しばらくその話で盛りあがった。はじめての江戸ものということもあり、執筆にはだいぶ苦労したみたいで、柚子さんは、老眼が進んで、白髪もまた増えました、と笑っていた。

5

裏にはいり、恋の座、月の座、花の座と続く。

「ああ、この前の半歌仙だとここで挙句だったんですよねえ」

萌さんが言った。

「前回は半歌仙巻くだけでへとへとでしたけど、句を出す側だと半歌仙はあっという間ですね」

「僕は捌きより連衆の方が好きです。句を出す方が楽しいですから」

悟さんが笑った。悟さんは何度か捌きをしたことがあるようで、来月の連句の大会で捌きをつとめることになっている。

「捌きも句を出していいんですよ。航人さんがあまり句を出さないだけで、捌きがどんどん句を出す会もありますから」

桂子さんが言った。

「でも、それだと自分で出して自分で取ることになるじゃないですか。それはなんか気恥ずかしくて。取ってもらうから楽しいんですよねえ」

悟さんが笑う。

「まあ、そう言わず。捌きはね、全体の流れが滞ってきたら、自分の句で流れを変えなきゃならないんです。がんばってくださいよ」

航人さんが微笑んだ。


名残の表は、裏から続いて春からはじまる。一句だけ春の句で、その後はしばらく季語のない雑の句が続いた。冬の句が付いたあとは、またしばらく雑。陽一さんの山歩きの句のあと、直也さんが先月出張で行ったときに見た廃校の句が付いた。

「名残の表は花はなくて月だけなんですね。決まりごとが少なくて楽です」

柚子さんが言った。

「そうそう、その分、どんどん遊んでいいんですよ」

航人さんがうなずく。

「でも決まりごとがないと、逆になにをすればいいかわからなくなりません？　なにも手がかりがない感じもして」

萌さんが首をひねる。

「そこは勢いよねぇ」

桂子さんが笑った。

「じゃあ、こんな感じはどうですか」

蛍さんが短冊を出した。

「ああ、いいじゃないですか。こちらにしましょう」

航人さんが蒼子さんに短冊を渡す。

真鍮の古びた鍵をポケットに　　蛍

「謎めいていて素敵ですね〜。ここからファンタジーがはじまりそう」

萌さんが言った。

「世界が広がりますね」

悟さんもうなずく。

「さっき悟さんにも言われたし、ここはわたしが付けてみましょうか」

航人さんがそう言って、短冊を手に取った。ペンを持ち、するすると動かす。

「じゃあ、ここはこれで」

しずかに言って、蒼子さんに渡す。蒼子さんは少しはっとしたような顔になったが、すぐにホワイトボードに向かい、句を書き写した。

懐かしき名を刺繡する人　　航人

刺繡……？　これは「おもいで糸巻き堂」の内容を受けたものじゃないか。ということは、航人さんもあの本を読んだのか？

桂子さんが短冊を手に取ったのが見えた。なにか書き付け、航人さんの前に置く。

「いいですね、こちらにしましょう」

短冊を見るなり、航人さんはうなずいた。

蒼子さんが短冊を受け取り、ホワイトボードに書き出す。

鳥の声遠く岬に響きをり　　桂子

句を見たとたん、物語のなかの彩子の銅版画のことを思った。公募展に出した鳥の銅版画だ。航人さんの表情を見ると、それをわかって取った気がする。

ホワイトボードにならんだ句を見るうちに、突然胸のなかに風景が浮かんできた。急いでペンを握り、句を書いた。航人さんの前に置くと、きれいな句ですね、と言って取ってくれた。

真鍮の古びた鍵をポケットに　蛍
懐かしき名を刺繍する人　航人
鳥の声遠く岬に響きをり　桂子
白く輝く遠浅の海　一葉

「遠浅の海っていうのが素敵よね」

桂子さんが微笑む。短歌を作る楽しさも少しはわかってきたが、やっぱり連句は格別だ、と思う。だれかの句に付ける。その瞬間、魂がふれ合ったような気持ちになる。ひとりで作る文芸にはない特別な瞬間だ。

「すごいですね、自他場とか考える間もなく四句付いちゃった」

萌さんが目を丸くする。

「でも障りはないみたいですよ。それになんか、ここの流れはすごく自然でいいなあ。言葉が連れ立ってやってきて、響き合っているように見えます」

悟さんが目を細めた。

「さあ、次は月をあげましょうか。ここは秋の月です」

航人さんが言った。

「月を詠めば自然と秋になるから、季語はいらないってことでしたよね」

柚子さんが訊いた。

「そうです。鳥の声の句には人がいないから、人がいる句がいいですね。それにしずかな情景が続いたから、少しにぎやかな句がいいかもしれない」

航人さんの言葉に、みんなそれぞれにペンを握り、じっと黙って短冊を見つめる。わたしはいま付けたばかりだから、ここはお休みすることにした。

みんなが腕組みしたり、宙を見あげたり、歳時記をめくったりするのをながめながら、こんなふうに人と時間を共有できるのはとてつもなく豊かなことだ、と思う。ペンを走らせる音があちこちから聞こえ、航人さんの前に短冊がならびはじめた。

満月に身の上話打ち明けて
一族で酒酌み交わす月の夜
屋上で月の光とダンスして
月宮殿だれもかれもが夢を見て

「おもしろい句がたくさん出ましたね。これは迷います」

航人さんはテーブルの真ん中に短冊を押し出し、みんなに見せた。

「たしかにどれもおもしろいですねえ」

直也さんが腕組みする。

「連句には衆議判《しゅぎはん》という進め方もあるんですよ。捌きをおかず、集まった人で話し合ってどれにするか決める。皆さんならここでどれを付けますか」

航人さんが少し笑ってみんなを見た。

「えーっ、迷います。でも、わたしだったらこれかな」

萌さんはそう言って、満月の句を指した。

「これって、酔っ払いの句ってことかなぁ」

鈴代さんが笑う。

「え、そうなんですか？　わたしは単に自分の悩みを満月に相談しているのかと」

萌さんが首をかしげた。

「鈴代さんが言ってるのは、酔っ払いが満月を人の顔とまちがえて語りかけてる、ってことでしょう？」

蒼子さんが訊いた。

「そうですそうです。看板に話しかけたりする感じで」

鈴代さんがにこにこうなずく。

「ああ、なるほど。そう言われればそんなふうに見えますね」

萌さんが笑った。

「これはどなたの句ですか？　作者の意図はどっちなんだろう」

「僕です。そうですね、酔っ払いのつもりで作ったんですけど、でも、取り方は自由ですから」

悟さんが微笑んだ。

「わたしだったらこれかなあ。きれいだし、楽しそう」

鈴代さんがダンスの句を指す。

「それ、わたしの句です」

萌さんが言った。

「でも、月の光とダンスっていうのも、ちょっと酔っ払いの雰囲気があるような」

柚子さんが笑った。

「うわ、自分では意識してなかったんですけど、そうかもしれない」

萌さんも笑った。

「一族で酒を酌み交わすのもお酒の句ですよね。こうしてみるとお酒の句ばっかりな気もします」

悟さんが言った。

「一族の句は僕なんですけど、たしかになんとなくここはお酒かな、と」

陽一さんが笑った。

「もう名残の表の最後ですからね。そろそろ飲みに行きたい、ってことかも」

蒼子さんも笑った。

「この、月宮殿《げっきゅうでん》っていうのはなんですか？　かっこいいですけど、お城なんでしょうか」

蛍さんが訊いた。

「ああ、月宮殿。それはね、中国の伝説に出てくる月にある宮殿のことですよ。広《こう》寒宮《かんきゅう》、広寒府《こうかんふ》、蟾宮《せんきゅう》、月府《げっぷ》と言われることもありますね。不老不死の薬を飲んで月に行った嫦娥《じょうが》が住んでいるとも言われてます。ちなみに、嫦娥も月の異名として使われることがありますね」

「えーっ、月の宮殿……かっこいいですね」

蛍さんが言った。

「日本では月の都とか月の宮とか言いますよね。かぐや姫が帰っていった場所も月の都だったでしょう？　むかしの人は月に人が住んでいると思っていたんでしょうか。不思議ですよね」

「じゃあ、この句は伝説を詠んだものなんですか？」

蛍さんが首をかしげる。

「ああ、この句はね、たぶん伝説の月の都のことじゃなくて……」

桂子さんがくすっと笑った。

「そうですね、これはたぶん吉原の遊郭のことなんじゃないかな」

航人さんが言った。

「吉原……！」

鈴代さんが目を丸くする。

「そうなんです。これはわたしの句なんですが……」

直也さんが言った。

「江戸時代、吉原の異称として、月宮殿が使われていたようで。だれもかれもっていうのは、吉原に来る人も働く人も、という意味でした」

「そういう深い句だったのか。だとすると、僕はこれを選びたくなりますね」

陽一さんが言った。

「困りましたね。きれいに割れてしまった」

航人さんが苦笑いする。

「今回は航人さんが捌きなんだから、航人さんが決めないとねぇ」

桂子さんが笑う。

「迷いますね、うーん」

航人さんはしばらく悩んだあと、直也さんの月宮殿の句を選んだ。

「これがいちばん遠くまで飛んでいる気がします。一葉さんの遠浅の海の句も、前の桂子さんの句との組み合わせではしずかな世界になりますが、月宮殿と組み合わせるとがらっと印象が変わる。欲望の渦巻く遊郭のなかで見る夢が遠浅の海のように輝いて見える、というように」

航人さんは言った。

蒼子さんがホワイトボードに句を書く。

真鍮の古びた鍵をポケットに　　蛍

懐かしき名を刺繡する人　　航人
鳥の声遠く岬に響きをり　　桂子
　白く輝く遠浅の海　　一葉
月宮殿だれもかれもが夢を見て　　直也

さっきまで「おもいで糸巻き堂」の世界だったものが一気に艶やかな遊郭の風景に変わった。これが連句なんだな、と思う。

「なんだか儚《はかな》さを感じる付け合いですね」

悟さんが言った。

「あ、でも、これって、恋句ってことですよね。そしたら、ここからもう一度恋句を続けてもいいってことですか」

柚子さんが言った。

「ええ、いいですよ」

航人さんが笑った。

そこから秋の恋句が続き、名残の裏にはいった。恋を抜け、秋も抜け、雑の句が続いたあとに最後の花の座が来る。花は鈴代さんの句が取られ、蒼子さんの挙句で一巻が終わった。

6

「やっぱり、おもしろいですよね、歌仙は」

満尾したあと、萌さんが大きく息をついた。

「なんていうか、表六句からはじまって、裏で少し自由になって、名残の折にはいるとさらにくだけて、って感じで、この長さがないと味わえない世界です」

「皆さん、この一ヶ月それぞれの生活や仕事があって、ここにやってきてまた顔を合わせるわけで、最初はまだ遊びの世界にはいりきれない。それが裏にはいってお酒を飲んだりして、だんだん心がほぐれて、二巡目、名残の表でようやく本格的に遊びの世界にはいっていく」

航人さんが言った。

「本音の世界っていうんでしょうかね。慣れた人たちで集まっても、最初はまだ心がほぐれてない。表六句は縛りが多いように見えるけど、そういう段階を踏むのも大事なのかも、とも思えます」

直也さんがうなずく。

「芭蕉さんは各地をめぐって巻いていたでしょう？　知らない人と巻くときはなお

さらですよね。おたがいにあいさつをして、それからお酒が出て、恋の句を歌って、月が出て、花が出て。そういう手続きを踏まないと、なかなか高みには行けない。あいさつ抜きで最初からおもしろいことをしたい、という気持ちもわかるんですけどね。時間をかけないと到達できない場所っていうのもあるってことです」

「そうですね、となると、表六句は準備体操みたいなものかもしれないですね。心のストレッチ。無理にアクロバティックにはしないで、季節のあいさつくらいに留めておく感じで……。大会のときは半歌仙ですが、同じでいいんでしょうか」

萌さんが訊いた。

「同じでいいんですよ。裏で冒険できれば素晴らしいですけど、そこはあまり気負わず……」

航人さんが笑った。

「僕は大会みたいなものがあまり好きじゃないんです。座同士で競ってしまうでしょう？　そうすると流れが自然じゃなくなる気がして」

「傑作を目指そうとしない方がいい、ってことですか」

萌さんが訊いた。

「そう。いつもと同じように、あくまでも連衆の気持ちの向く方に進んでいく」

「そうかぁ。そうですよね」

萌さんがうなずいた。

「今日の連句は、名残の折にはいってからがスリリングでしたよね。蛍さんの鍵の句からの流れがとくに。あそこでなにか扉が開いた、っていうか」

柚子さんが言った。

「そうそう。あっという間に進んじゃって」

萌さんがうんうんと大きくうなずく。

「小説でも、書き続けていると筆がのってくることがあるんですよね。その状態になると、考えながら書くっていうより、どんどん流れるみたいに文章が出てくるようになる。連句のおもしろいところは、みんなでその状態にはいるってことだと思うんです」

「わかります。ひとりだけがのってるんじゃなくて、みんなの魂がより合わさって、大きな波になってくみたいな」

蛍さんがうなずいた。

「そこがほかにない体験っていうか。実はわたし、連句は小説に通じるところがあるように感じていて……」

「小説にですか？　連句は小説みたいに一本の筋がなくてどんどん転じていくから、全然ちがうように思っていたんですけど」

悟さんが訊いた。

「たしかに小説には筋が必要なんですけど、でもそれが単純なものだとちっともおもしろくないいんですよね。主人公ひとりの想いだけじゃ書けないんです。主人公が思いもよらないことを言う他者が出てこないと……」

「ああ、なるほど、それはわかる気がします」

陽一さんが言った。

「主人公がひとりで考えているんじゃダメで、いろんな葛藤があって、そのとき別の人の全然ちがう考えや行動に出合って、それに反抗したり流されたりしているうちに、最初に考えていたのとまったく別の解法にたどりつく。それではじめてドラマになる。だから、頭のなかにいろんな人を住まわせておかないといけない」

「住まわせておく……？」

鈴代さんが目を丸くした。

「これまでの人生のなかで出会った人たちがその役割を果たしてくれることが多いんですけどね。その人たちはみんなもともとひとりの人だから、わたしの思い通りには動かない。勝手なことばっかり言い出すんですけど、そういうやりとりを書いているうちになぜかいい感じの場所に着地するんですよ」

「そうなんだぁ。おもしろいですね」

鈴代さんがうなずいた。

「住まわせておくのは、自分と似た人だけじゃダメなんです。全然ちがう、よくわからない人が必要で。連句にはそれと似た出合いがあるんですよね。自分がこうだと思って作った句に全然ちがう見方で付けてくるとか。おお、そう来たか、って驚くような」

「そういう句が来ると、やられた、って思いますよね」

悟さんが言った。

「そういうひとつひとつの出合いで、どんどん別のところに流れていく。ここに来ると、それが体感できるんですよ。そんなことほかにそうそうないし、そこがすごくおもしろくて」

柚子さんが熱っぽく語った。

「自分とちがう見方と出合うってすごいことですよね」

蛍さんが言った。

「まあ、そういうことを感じられる瞬間が一度でもあったら、いい巻だったたってことなんだと思いますよ。扉が開くまでに時間はかかりますが、半歌仙でもできるときもある」

航人さんが微笑んだ。

「うーん、むずかしい。競わないで、って言われても、やっぱりほかの座の出来が気になるじゃないですか」

萌さんが言った。

「人間、そういうもんですよね」

柚子さんが大きくうなずく。

「まあ、ほどほどに。僕は競うのはちがうと思うから、大会にはあまり興味がなかったけど、ほかの座の作品を見るのは悪いことじゃないですからね。そこでまた思いもよらない他者と出会えますから。その場を楽しめればいいんですよ」

航人さんが笑った。

大森駅に向かう道を柚子さんと歩いていると、うしろから航人さんの声がした。

「柚子さん、一葉さん。今回は心配をかけてすみませんでした」

言われてすぐ、森原さんのことだな、とわかった。

「いえ、こちらこそ、なんだかわたしのせいで大騒ぎになってしまって……」

柚子さんが申し訳なさそうに言った。

「いやいや、なにも知らずに大会で鉢合わせしていたら、それこそたいへんなことになっていたかもしれない。教えてもらって助かりました。感謝してます」

航人さんが頭をさげた。

「あの本を読んで、僕もあのときのことが少しわかった気がして……。僕はいろんなことが見えていなかったんだな。ほんとうに情けない」

航人さんは悲しそうに笑った。

「僕は大丈夫ですよ。いや、大丈夫じゃないけど、大人ですからね。大会にはちゃんと出るし、彼女にもあいさつしようと思ってます。よかったな、と思ってるんです。彼女がどこかでちゃんとやってて。まだ心が追いついていないけど、大会までには整えておきますから」

航人さんが泣きそうな顔で微笑む。大丈夫じゃないけど、大人だから。その言葉がなんだかじんわり心に染みた。

「まあ、いろいろありますよね、生きてれば！」

柚子さんが力強く言うと、航人さんも、そうですね、と少し笑った。

抜けない棘

1

年始の仕事がはじまってすぐ、蒼子さんから連句の大会に関するお知らせが来た。「ひとつばたご」の定例会と同じく第三土曜の開催で、添付されてきた案内には、ひとつばたごのメンバーもちゃんと載っていた。

海月さんも参加してくれることになり、さらに、久子さんも加わって、ひとつばたごは全部で十三人。航人さん、蒼子さんが相談して、各座のメンバーも決まった。

ひとつばたご1　悟（捌き）、桂子、直也、鈴代、蛍、久子
ひとつばたご2　萌（捌き）、航人、蒼子、陽一、一葉、海月、柚子

航人さん、桂子さんが二座にわかれ、さらに蒼子さん、直也さんがわかれる。あとは新人と若手とゲストをバランスよく配置、ということみたいだ。

場所は、池袋にあるとしま区民センターの会議室。三つの会議室を連結して、百

人以上はいれるらしい。お茶とお菓子も用意されている（参加費に含まれている）ようだったが、いちおうひとつばたごの二座のために別のお菓子も持っていくことにした。

定番なら、一月のお菓子は銀座「空也《くうや》」の「空也もなか」である。だが、今回は柚子さんがいるので餡子ものはダメ。この前柚子さんが「甘納豆は大丈夫」と言っていたのを思い出し、「銀座《ぎんざ》鈴屋《すずや》」の「栗甘納糖《くりあまなっとう》」を思いついた。

銀座鈴屋にはいろいろな豆を使った甘納豆もあるのだが、大粒の栗をまるごと使った栗甘納糖は、ほっくりした栗そのものの味わいが生きていて、格別だった。祖母も大好きで、箱にならんだ宝物のような栗甘納糖を一粒ずつ大事そうに食べていた。

皮のない栗甘納糖と、渋皮がついたままの「渋皮付《しぶかわつき》栗甘納糖」があり、そのふたつの詰め合わせを持っていくことにした。冬場は常温で二十日と日持ちもするので、上野《うえの》の松坂屋《まつざかや》で前もって買っておくことにした。

連句の大会の三日前、桂子さんから大会の日にいっしょに昼食を、という誘いがあった。

今回の航人さんのことでお世話になったし、ちょっと話しておきたいこともあって、と言う。桂子さんとふたりの食事ははじめてだったので少し緊張したが、わたしも桂子さんの気持ちを聞いておきたかったので、ぜひ、と答えた。

当日の朝、歳時記や筆記用具とお菓子を持って家を出た。晴れているが風があり、けっこう寒い。根津から西日暮里《にしにっぽり》に出て、山手線で大会の会場がある池袋へ。駅を出て、桂子さんが予約してくれた店に向かった。サンシャイン60ビルの五十九階にあるイタリアンレストランだ。

池袋には馴染みがないので、戸惑いながら繁華街を歩き、サンシャインシティに着く。店の前まで行くと、外の椅子に桂子さんが座っていた。

「わざわざありがと」

桂子さんがにっこり微笑む。

「いえ、こちらこそありがとうございます。池袋のことはよく知らなくて、サンシャインシティもはじめて来ました」

「わたしはむかし仕事でよく来てたのよ」

桂子さんの旦那さんは小さな不動産屋を営んでいた。いまは息子さんに代替わりして経営形態も変わったが、むかしは家族経営で、十五年くらい前までは桂子さんも店を手伝っていたのだそうだ。

「でも、そのころよく行ってた店はけっこうなくなっちゃっててね。ここはわりと気軽にはいれる価格だし、サンシャインのなかだから孫たちと遊びに来たりしたときによく使ってた」

　桂子さんがそう言ったとき、店の人が出てきて、なかに案内された。

「すごい眺望ですね。こんな高層ビルのお店、はじめてで……」

　席につき、どぎまぎしながら窓の外を見る。晴れているのでかなり遠くまで見えた。どこまでも建物が広がっているのがわかり、東京って広いんだな、と思う。

「まずは料理を決めましょ」

　桂子さんがメニューを開く。桂子さんの勧めでランチコースにすることにして、パスタとメインを選び、店員さんに注文した。

「サンシャイン60もできた当時は日本一、東洋一、なんて騒がれたのよね」

　桂子さんがむかしを懐かしむように言った。

「わたしは高い建物にあまり興味がなくて。実は六本木ヒルズやスカイツリーにもまだ行ったことがないんです」

「そうなの？」

　桂子さんが目を丸くする。

「わたしたちの世代は、あたらしい施設ができたと聞けば見にいってたものだけど。東京がどんどん大きくなって立派になっていくのがうれしかったのかも。ゴージャスな気分を味わいたくて、赤坂プリンスとか品川プリンスとかにも行ったたっけ」

「赤坂プリンス……？」

「ああ、いまはもうないもんね。バブル時代のトレンディスポット。でもいま口にしてみると、いかにもバブル時代って感じで、ちょっと恥ずかしいわよねぇ」

桂子さんが苦笑した。


「それでね、今日は一葉さんにどうしてもお話ししておきたいことがあったの」

デザートとコーヒーが運ばれてきたあと、桂子さんはそう言って自分のカバンをあけた。なかから古い雑誌のようなものを取り出し、テーブルの上に置く。単色の表紙に「それいゆ」というタイトルと線画が描かれている。

「これは？」

裏表紙を見ると、一九九〇年代はじめに印刷されたものらしい。表紙をめくり、目次を見る。どうやら文芸誌のようだ。小説、詩などという断り書きの下にそれぞれのタイトルと著者名がならんでいた。

「これはね、同人誌。航人さんの大学の学生サークルが作ってたものなの」

桂子さんが言った。航人さんの大学……。一九九〇年代はじめということは航人さんも在学中だったはずだ。

「もしかして、そのサークルに航人さんが？」

目次の名前を目で追って、航人さんの名前を探す。だがどこにもない。

「部員ではなかったみたい。でも航人さんも作品を寄せてるの。目次のいちばんはじめに野村遊星《のむらゆうせい》っていう名前があるでしょう？　それが航人さん」

驚いて目次を見直す。たしかに野村遊星という名前があった。星の字は冬星さんの名前から取ったのか。ページをめくり、「糸瓜《いとうり》」という題の野村遊星の作品を見た。


ぶらあんと空中から垂れ下がってくる糸瓜を手でよけると、萎びた茎から青い匂いが立ちのぼる。茎はもう枯れかかっている。しかし馬鹿に大きなその実のなかにはまだ水が蓄えられている。


そんな文章からはじまっている。これが航人さんの小説……？　しかも大学生のころの。若いころの航人さんの姿を思い浮かべることができず、少し混乱した。

「文学青年、って感じでしょう？」

桂子さんが微笑んだ。

「文章も達者で、なかなかたいしたものなのよ。家族の話なんだけどね」

桂子さんが息をつく。

「そういえば、航人さんはご家族とあまりうまくいっていなかったとか……」

航人さんは幼いころにお母さんを亡くしている。航人さんには優秀なお兄さんがいて、お父さんはお兄さんにしか関心がなかった。それでお母さんが亡くなったあとは父方の厳格な祖父母の家に預けられていたらしい。

「うまくいってない、っていうのとはちょっとちがうかな。航人さんはお父さんにもお兄さんにも、お祖父さん、お祖母さんにも決して反抗しなかったみたいだから。だれにも心を開かなかったというだけで、もめごとはなかったんだと思う」

「でも、それはそれで苦しいことですよね」

「航人さん自身はそれがあたりまえだと思って育ったんじゃないかしら。だから自分が苦しいということに気づいていなかった。大学で冬星さんに出会って、はじめてそれまでの自分が満たされていなかったことに気づいた」

みんな、自分の家のことしか知らない。それがふつうだと思って育っていく。

「そのあたりのことがけっこう赤裸々に書かれているのよね。航人さんは、わたしがこの作品を読んだことは知らないと思うけど……」

「でも、航人さんはその文芸サークルにはいっていなかったんですよね。なのになぜ、その雑誌に小説が載ってるんですか？」

「このサークルのなかに、航人さんの才能を買ってる学生がいて、一度書いてくれって頼んだみたい。その学生も冬星さんの教え子で……」

「航人さんと同じ学年の人ですか？」

「そう。その人は航人さんとはちがって冬星さんの講義に毎回真面目に出てたわけじゃなかったけど、冬星さんを慕っていて、できあがった雑誌も渡していたみたい。航人さんは雑誌のことなんてひとことも言わなかったから、冬星さんはその学生から それが航人さんの作品だって聞いたんですって」

桂子さんはそう言って、コーヒーを一口飲んだ。

「作品を読んで、冬星さんも感じるところがあって、あとで航人さんに感想を伝えたみたい。雑誌を読んだ人たちのあいだでも、航人さんの作品は話題になったそうよ。でも、航人さんはそれ以降小説を書くことはなかった。そのサークルの学生がいくら頼んでも、もう書かない、あの一作に書きたいことは全部書いたから、って」

わたしは雑誌を手に取り、続きをぱらぱらとながめた。ところどころにひりひりするような文章があって、これはしっかり腰を据えて読まなければならない、と感じた。

「それでね、今回なんでこの話をしたかっていうと……」

桂子さんが少し口ごもる。

「例の『おもいで糸巻き堂』の四巻のお話ね。蒼子さんがあれは航人さんと千草さんの話なんじゃないか、って言っていて、一葉さんも同じ意見だって」

「はい。わたしだけじゃなくて、柚子さんもそう感じたみたいです。それで、最初はふたりがいっしょにやっていた連句の話なのかと思ったんですけど、ちょっと考えてやっぱりちがうな、って。連句は競うものじゃない、って航人さんはよく言ってますし、冬星さんも同じ考えだったと聞きましたから。わたし自身、連句を巻いていて、ほかの人の句をすごいな、と思うことはあっても、それでその人をうらやんだり、ねたんだり、みたいな気持ちにはならないので」

「一葉さんはそういう人なんだろうけど、それはいろいろね。ねたむ人もいる」

桂子さんは苦笑いした。

「柚子さんが、原因は連句じゃなくて、小説なんじゃないか、って言っていて。もしかして、その……。この小説が原因なんでしょうか」

わたしはそう言って、手の中にある雑誌を見た。

「そう。千草さんは航人さんとは別の大学だし、学年もかなり下だから、この雑誌のことも航人さんの小説のことも知らなかった。航人さんも小説のことは話していなかった。航人さんにとってはずいぶん過去の話だし、忘れたいと思ってたくらいだったんだと思う。でも結婚したあと、千草さんは航人さんの部屋でこの雑誌を見つけて読んだ。航人さんから家のことを聞いていたから、これが航人さんの作品だということはすぐにわかった。それで諍いになってしまったの」

「どうしてですか」

「わたしは千草さんの言い分しか知らない。彼女は、航人さんが隠しごとをしていたって怒ってた。わたしが小説家志望で真剣に取り組んでいることを知っていたのに、彼は自分が小説を書いていたことを隠していた、って」

「でも、それってそこまで怒るようなことなんでしょうか。航人さんがそのときもまだ小説を書いているとか、小説家を目指していたなら話は別ですけど、もう過去のことだったんですよね」

「そう。その怒りは理不尽よね。彼女は、隠していたのは自分のことを対等な表現者だと思っていないからだって憤ってたけど」

「航人さんはそういう人じゃない気がします」

「そうね。ただ彼女はそう思いこんでいたんじゃないかしら。自分より航人さんの方がすぐれていると思いこんで、劣等感を持っていた」

「劣等感……」

「千草さんの生い立ちは航人さんにくらべたらふつうでね。平穏な家庭で何不自由なく育っている。人の気持ちに共感しやすい人だから、航人さんの子ども時代が苦しいものだったと知って、助けたいと思ったんじゃないかな。でも、才能の話はまた別だったのよね……」

桂子さんが言った。

「彼女は小説に対して本気だったのよ。それまでも何度か航人さんとケンカして家を出たことがあったんだけど、そのときはいつも、自分がそれまで書いた原稿を全部カバンに入れて持ち歩いていたの」

「原稿って、紙ということですか?」

「もちろんそうよ。そのころはまだ手書きで書く人も多かったし、ワープロで書いても紙で保存するのがふつうだったから。でも、何百枚もある紙を全部カバンに詰めて歩いてたのよ。滑稽に思えるかもしれないけど、彼女にとってはそれだけ大事なものだったってことなのよね」

自分の分身みたいなものだったのだろうか、と思った。

「有名になりたいわけじゃなくて、とにかく自分の作品を世に送り出したかったのよね。そのためには人に認められることが必要で、でもなかなか賞が取れなくて。そのうまくいかない苛立ちを航人さんにぶつけてしまっていたんだと思う」

「辛いですね」

「彼女は自分は航人さんにかなわないと思っていたみたいだけど、わたしは千草さんにもすごい才能があると思ってたのよ。冬星さんも同じ。ただ、そのころの彼女はあまりにも自分が大事で、自分のことしか見えてなかった。それじゃあ、人の心に響くものは書けない」

「そういうものなんでしょうか」

「わたしは小説を書いたことないし、よくわからないけど。でも結局彼女はひとりになることを選び、いろいろあった末、人の心に響く小説を書けるようになった。種はもとから持っていたのよね、まだきちんと芽が出ていなかっただけで」

「おもいで糸巻き堂」シリーズはそうしたことを経て書かれたものなのだ。たぶん小説というものは、そこまで生きて感じたことをすべて世界に差し出さなければ書けないものなのだ。

「でも、巻きこまれた側は傷つくでしょう。航人さんは家族に恵まれていない人だったから、自分がほかの人から必要とされるのがうれしかったんだと思うの。だけど結局うまくいかなくなった。だからそのあと閉じこもってしまったのよね」

若い世代の会は解散、航人さんは「堅香子」にも来なくなり、連句からすっかり遠ざかってしまった。

「航人さんが連句の大会に出るって言うなんて、これまでだったら考えられなかったのよ。少し心がほぐれてきたのかな、って喜んでたんだけどね。それがまさかこのタイミングで千草さんが現れるなんて。もうびっくりっていうか……」

桂子さんは大きくため息をついた。

「まあ、これも運命ってことなのかな」

「でも、森原さんも以前とは変わったんじゃないでしょうか。『おもいで糸巻き堂』の内容もそうですし、蒼子さんや柚子さんの話を聞いても……。悪いことをしたとおっしゃってたみたいですし、まわりの人の気持ちのことも考えていらっしゃるんじゃないかと」

大会参加を辞退するとも言っていたわけで、うわべだけでなく、心から申し訳ないと感じているのではないか、と思う。

「そうね。わたしも本を読んでそう思ったわよ。彼女もいろいろなことがわかるようになったんだって。あのころだって、航人さんに悪意がなかったように、千草さんにも悪意はなかった。劣等感に苛まれて耐えられなくなってしまっただけ」

「どうしようもなかった、っていうことですよね」

「彼女の方は、いまは自分の道を確立して航人さんへの劣等感もなくなったでしょう。おだやかな気持ちで接することもできるのかもしれない。でも過去に受けた傷はどうにもならない」

「過去に受けた傷……」

「わたしはね、航人さんはあのときもいまも怒ったりはしていないと思うの。ただ愛されなくなったことが悲しかったのよ。その傷は、彼女が変わったからといって帳消しにはならない。そんな都合のいいものじゃないでしょう」

　桂子さんの言葉にはっとした。

「航人さんはただ愛されたかっただけなんじゃないかな。幼いころにお母さんを亡くして、愛された経験がなかったから、千草さんに愛されてしあわせだったんだと思う。でもそれはなくなってしまった。どっちが悪いというわけじゃないのかもしれないけど、それは失われてしまって、もう元に戻らない」

　桂子さんが窓の外を見る。眼下の街はどこまでもたいらに広がっているように見える。家も車も小さく、人の姿など見えない。

　帳消しにはならない。取り返しがつかないということか。その言葉がただおそろしく、人が生きるなかにはそういうこともあるのだ、と感じた。

「そうですね」

　わたしはゆっくりうなずいた。

「ごめんなさいね、一葉さんにこんなことを話しちゃって。話すべきか、すごく迷ったの。この話は蒼子さんも知らない。睡月さんももちろん知らない。わたしのほかに知っていたのは治子さんだけ」

治子というのはわたしの祖母のことである。

「祖母は知ってたんですか」

驚いて訊いた。

「千草さんは治子さんにも相談したことがあったみたいで。この件について治子さんとちゃんと話したことがなかったから、わたしに話していたこととまったく同じかはわからないけど」

「そうだったんですね」

祖母はそれを知っていて、航人さんに手紙を書き続けていたのか。

「治子さんが亡くなって、このことはわたしの胸だけにおさめておけばいいか、ってずっと思ってたのよね。千草さんがまた現れるなんて思ってもいなかったから。だけどこうなってみるとやっぱりだれかに伝えておきたくて。だってほら、わたしだってもうこの年だから、いつひとつばたごに来られなくなってもおかしくないでしょう?」

桂子さんが笑った。

「だけど、蒼子さんには話しにくくて。航人さんとつきあいも長いし、長年培ってきた距離感みたいなものがあるでしょう? 航人さんも、蒼子さんに話すなら自分の方から、って思うでしょうし」

「そうですね」

「ほかのメンバーにもね。どこまで話していいものか迷ってしまって。でもなぜかわからないけど、一葉さんなら、と思ったの。治子さんのお孫さんだからかな」

桂子さんが宙を見あげる。

「あ、お菓子番だからかも」

桂子さんはにこっと笑った。

「え？」

「お菓子番は、裏の番頭さんみたいなものだから」

「そんな。わたしはまだそこまでできないですけど……。でも、信頼していただいたんだったらうれしいです」

「って言ってもね、今日なにかしなくちゃいけない、ってわけじゃないのよ。航人さんも大人だから、感情を表に出すようなことはないだろうし。でも、わたしは悟さんの座だからいっしょにいられないでしょ？　だから、航人さんと同じ座の一葉さんに含んでおいてほしいの」

「わかりました。なにかあればご相談します」

わたしは桂子さんの目を見つめてそう言った。

「ありがと」

桂子さんはほっとしたように言って、椅子の背にもたれた。

「よかった。その雑誌、読んでみてね」

「え、いいんでしょうか。航人さんは人に読まれたくなかったんじゃ……？」

「いったんは雑誌に発表したものよ。読まれたくない、なんて言い訳はきかないでしょ？」

桂子さんが笑った。

「航人さんがどういう人か、知っておいてほしいの。連句のときはわたしたちの作るものを捌くだけだけど、航人さんのたましいをひとつばたごのだれかに知っておいてもらいたいから」

「わかりました」

わたしはもう一度そう言って、雑誌をもとの袋におさめ、カバンに入れた。

「さあ、時間だし、そろそろ行きましょう。もうお腹いっぱいね」

桂子さんが微笑んだ。

2

レジ前で財布を出すと、桂子さんに、いいのよ、と言われ、結局奢ってもらうことになってしまった。

サンシャインシティを出て、早足にとしま区民センターに向かう。エレベーターを降りると、すぐに大会の看板が立っているのが見えた。

扉は開いていて、すぐのところに受付がある。部屋を見渡して驚いた。大きな部屋に会議机で作られた座が九つならんでいる。全部で九座あることは知っていたが、実際に見ると壮観だった。

連句をする人が、こんなにいる！

ひとつばたごしか知らなかったので、そのことに少し興奮した。

「あちらに飲み物コーナーもありますので、ご自由にご利用ください」

受付の人が会場後方を指す。すでに来場している参加者も多く、各卓についている人もいれば、飲み物コーナーの近辺で交流している人たちもいた。

ひとつばたごの座は入口近くにふたつならんでいる。1の座には悟さん、直也さん、鈴代さん、久子さん、2の座には萌さん、航人さん、蒼子さん、陽一さんが座ってそれぞれに談笑している。桂子さんは1の座へ、わたしは2の座に向かった。

「あーっ、一葉さん、よかったー」

わたしを見るなり、萌さんが声をあげた。

「柚子さんと海月さんは？」

ふたりの姿がなかったので訊いてみた。

「蛍さんといっしょに飲み物コーナーに行ってますよ。一葉さんもなにか取ってきたら？」

蒼子さんに言われ、そうですね、と答えて立ちあがった。

「あ、一葉さん」

正面からやってきた蛍さんが手を振った。海月さんと柚子さんもいっしょだった。

「ご無沙汰です」

海月さんがぺこっと頭をさげる。

「久しぶり。文化祭とかで忙しかったって聞いたよ」

「そうなんですよ。もうほんとたいへんで……」

「文化祭前は何日も徹夜してたもんね」

蛍さんに言われ、海月さんがうなずく。

「とりあえず、飲み物取ってきた方がいいんじゃないですか」

海月さんが時計を指す。

「あ、ほんとだ」

「けっこういろんなお茶があって迷うんですよ」

柚子さんが笑った。

「じゃあ、一葉さん、今日は別の座になっちゃいましたけど、おたがいにがんばりましょう」

蛍さんが言った。

「負けないよ。参加するからには優勝を目指す」

海月さんがキリッとした顔になる。

「だから、連句は競争じゃないんだって」

蛍さんがあきれたような口調でたしなめた。

「いえ、気持ちはわかります。たしかに連句は競争じゃない。でも、どうせなら勝ちたいですよ」

柚子さんもふんっと鼻を鳴らした。

蛍さんと海月さんはそれぞれの座に戻っていったが、柚子さんは足を止めた。

「一葉さん、例の森原さんのいる『偏西風』の座はあそこです」

小声で言って、飲み物コーナーの近くの卓を目線でさす。ちらっと見ると、もう全員そろっているみたいだ。

「壁側の真ん中に座っているショートカットの女性が森原さんですよ。わたしはさっき軽くあいさつしました」

そう言われて見ると、すっきりした黒髪ショートの女性がいた。となりの人とにこやかに会話している。

「じゃあ、先に帰ってますね」

柚子さんはそう言うと、ひとつばたごの座の方に歩いていった。


飲み物コーナーに来てみると、たしかにさまざまな種類のティーバッグが置かれていた。アプリコットティーとシナモンティーで少し迷ったが、アプリコットティーを選んでお湯を入れ、席に戻った。

司会の紹介で睡月さんが壇にあがり、開会のあいさつ。それから司会が各座の紹介と大会のルールの説明をおこなった。巻くのは半歌仙。細かい式目は各会のルールに基づいたものでいいらしい。

十七時までに終わらせ、提出する。その後、三十分間の休憩時間をとり、そのあいだに選考委員が別室で優秀作を選定する。十七時半に賞の発表。閉会式ののち、そのままここで簡単な懇親会、というプログラムだった。

「それでは各座、スタートしてください」

司会がそう言って壇をおりると、会場ががやがやしはじめた。

「じゃあ、わたしたちもはじめましょうか」

萌さんがみんなの顔を見る。

「なんだかどきどきしますよね。となりの席でもほかの座が連句を巻いてるって、ちょっと新鮮です」

陽一さんがきょろきょろしながら言った。

「テンションあがりますよね」

海月さんが目をきらっとさせた。

「いや、ほんと。ちょっと本気出さないと、って思います」

柚子さんもうなずく。

「まあまあ、大会って言っても、連句ですからね。勝ち負けはないんです」

航人さんが苦笑いした。

「でも出るからには、賞状がほしいじゃないですか」

海月さんが身を乗り出す。

「同意です。と言っても、気合がはいってるだけで、所詮は新参者ふたりですし、あんまり力もないんですが」

柚子さんが笑った。

「連句はね、ベテランだからうまい、ってわけじゃないんです。新人の方がいい句を作る場面もある。それぞれの持ち味を活かして、あたらしさを求めていくものですから」

航人さんが微笑む。

「とにかく行きます！」

海月さんが短冊を机に置き、ペン入れからシャープペンシルを取り出した。

「えっと、それでなんでしたっけ？　長いこと来てなかったから忘れてしまった。季語を入れるんですよね。いまは冬……？」

海月さんが首をひねる。

「そう、冬で、五七五です。挨拶句なので、ここに来るまでの道中やこの会場で見たものなどを詠む、ということで」

萌さんがそう言うのを聞いて、海月さんはすぐに指を折りはじめた。


いくつも短冊がならび、萌さんはそのなかから柚子さんの「冬日和言葉の海に出帆す」を取った。

「『言葉の海』は今日の心持ちを指してるんですね」

航人さんが言うと、柚子さんは大きくうなずいた。

「これだけ座がありますし、会場内にはすごい数の言葉が飛び交いますよね。大海原だなあ、と思いまして」

たしかに外は冬晴れである。さっきサンシャイン60の高層階から見た街の風景を思い出す。日差しが降り注ぎ、室内から見ているとあたたかそうだが、風があるので外は寒かった。

できあがった句は、座の中央に置かれた模造紙にマジックで書くようになっていた。ふだんの連句会と同じように、蒼子さんが句を写す。

冬日和言葉の海に出帆す　　柚子

あたらしい場所に漕ぎ出していく気持ちがよく出ていて、さすがだなあ、と思った。わたしもこの会場の雰囲気を詠みたいとは思ったけれど、この情景を「言葉の海」と表現するセンスは持ち合わせていない。

「勢いがあっていいですよね。『言葉の海』っていうのが素晴らしいです」

マジックで書かれた文字を見ながら陽一さんがうなる。

「じゃあ、次は脇ですね。ええと、発句と同季なので、ここも冬です。それで、体言止め」

萌さんが考えながら言った。

「名詞で終わればいいんですよね」

海月さんが確認すると、萌さんがそうです、と答えた。

「意外とむずかしいなあ。季語なんてすっかり忘れてたからなあ」

眉間に皺を寄せ、歳時記をめくっている。

陽一さんがすっと萌さんの前に短冊を置いた。

「あ、素敵ですね。わたしはこれ、いいと思うんですけど、どうでしょうか」

萌さんが航人さんに短冊を見せた。

「うん。いいんじゃないですか。冬晴れにもよく付いてますし、言葉の海の比喩にも通じるところがある。付け合いとしてとてもいいですよ」

航人さんはにっこり笑った。

「じゃあ、こちらにします」

萌さんが言った。

冬日和言葉の海に出帆す　　柚子
　胸いっぱいに受ける北風　　陽一

「萌さん、速い」

蒼子さんが笑った。

「発句や脇はみんなの句が出るまで待った方がいいんでしょうか。なんとなく、時間内に巻きあがるかどうかが心配で焦っちゃって」

「いや、いいんじゃないですか？　柚子さんの句は発句として申し分ないですし、脇もきちんと寄り添って付いてる。そもそも今回はいつもと状況がちがうからエンジンがかかりにくいと思いますし、表六句はスピーディーに進めていくというやり方もありだと思います」

航人さんが言った。

「よかった……」

萌さんがほっとしたような顔になる。となりのひとつばたご1は発句が決まったばかりのようだ。ふりかえってうしろの座を見ると、まだ一句も書き出されていない。うちの座の進行は速い方のようで、ちょっと安心した。

「萌さんらしさも出ているような気がしますよね。新鮮です」

蒼子さんが微笑む。

「そうそう。だから自信を持ってください」

航人さんにそう言われて、萌さんは、わかりました、と大きくうなずいた。

続く第三は、雑で「て」止め。わたしの「窓際に白猫たちが集いゐて」を取ってもらった。北風が吹く外の風景を猫が集ってながめている、という図である。ここまで外の大きな風景が続いたから、室内を詠みたい、という気持ちもあった。

「もう一句、雑でいいんですよね?」

海月さんが言った。さっきから短冊になにか書いては丸め、書いては丸め、という感じでなかなか句にならないみたいだ。

「そうですね、雑で大丈夫です」

萌さんがうなずく。

「よしっ、それなら行ける!」

海月さんはシャープペンシルを握り、短冊に句をさっと書き付け、萌さんの前に出した。

「おおお、なんかわからないけどかっこいい」

短冊を見るなり、萌さんが言った。

「これ、ちゃんと付いてますか?」

そう言って、航人さんに短冊を見せる。

「付いてます、付いてます。猫と永遠というだけで付いてますよ」

航人さんが笑った。

「ほかに障りもないんじゃないでしょうか」

となりから短冊を覗いた蒼子さんが言った。

「じゃあ、これにしますね」

「やったあ」

海月さんが両手を上にあげた。

冬日和言葉の海に出帆す　　柚子
　胸いっぱいに受ける北風　　陽一
窓際に白猫たちが集いゐて　　一葉
　時計の音が永遠のよう　　海月

「おおお、ほんとだ、なんかかっこいい」

句を見た柚子さんがうんうん、とうなずいた。

「たしかに、『猫』と『永遠』はよく付いてる感じがしますね」

陽一さんが言った。

「これ、ほんとは『永遠という数式を解く』にしたかったんですよ」

海月さんが言った。

「それもかっこいいね。なんでやめたの？」

柚子さんが訊いた。

「まず、発句が『言葉』じゃないですか。『数式』ってなんか似てるなあ、と思って。それに、『数式を解く』だと自の句になりますよね。打越の北風の句も自の句……ですよね？　だから、絶対ダメだな、って」

「うわー、すごい、優秀！　さすが現役高校生は記憶力がちがう」

柚子さんが声をあげた。

「全然そんなことないですよ。英単語も覚えられないし。この前の模試の結果もいまひとつで……」

海月さんがため息をつく。

「模試？　あ、受験生なんだ」

柚子さんが言った。

「そうですよ。しがない受験生ですよ」

海月さんがどんよりした声で言った。

「もうなんでもいいから早く終わってほしい気分で……」

「いやあ、でもすごいなあ。最近の高校生はこんな句が作れちゃうんだね。大学はどんな学部を目指してるの？　やっぱり文学部？」

柚子さんが訊く。

「いえ、工学部です」

「こ、工学部？」

柚子さんが目を見開いた。

「あれ、もしかして、柚子さんって海月さんと巻くのはじめてですか？」

萌さんが訊いた。

「巻くのは、はじめてですね。前に『あずきブックス』のトークイベントで会ったし、蛍さんから話は聞いてましたけど」

「そっかぁ。海月さん、学校が忙しいし、ときどきしか来ないもんね。でもそのわりには、ここに来たときから意気投合してましたよね」

そういえばさっき飲み物コーナーに行ったときも楽しそうに話していた。

「海月さん、コミュ力がめちゃ高くて」

柚子さんが笑った。

「いやいや、だってわたし、一介の高校生ですよ。作家さんと話せる機会なんて、そうそうないですから。やっぱりいろいろ聞いてみたいじゃないですか」

「でも、話したいと思っても気後れしちゃう子の方が多いでしょ？　海月さんはふつうに大人と話せちゃうところがすごいわよね」

蒼子さんが言った。

「大物感ありますよね」

萌さんも笑ってうなずく。

「えー、でも、工学部っていうのはちょっと意外。言葉のセンスも良さそうだし、てっきり文学系かと思った」

柚子さんが海月さんを見た。

「まあ、そっち系に興味がないわけじゃないんですけどね。部活もアニメーション研究会ですし」

「アニメーション研究会？　へえ、なにするの？　みんなでアニメ見て語り合うとか？」

「いえ、うちはふつうにアニメ作ってます」

「作る？」

蒼子さんが固まった。

「高校の部活でアニメが作れるの？　アニメ作るのってたいへんなんでしょう？」

「もちろんプロみたいなものは作れないですけど、タブレットを使えばそこそこのものは……」

「そうですね。イラストを描くソフトで動画の生成もできるみたいですから」

陽一さんが言った。

「でも、手間はかかるんですよ。文化祭前はアニ研の高二は全員睡眠不足で……。

それでばっちり成績も落ちました。姉にも叱られて……」

海月さんがちらっととなりの座の蛍さんを見る。

「まあまあ、それも青春じゃないですか」

柚子さんが笑う。

「そうなんですよ。受験も大事ですけど、目の前の青春も捨てられなくて」

「海月さんは工学部で情報工学を学んで、ゲームを作りたいらしいんです。アニメを作るのも勉強ですよね。技術だけじゃゲームは作れないので、文章を書ける人とか、絵を描ける人は大事ですよ」

陽一さんが言った。

「とにかく、もう文化祭も終わって部活動からも引退しましたし！　これからは勉強します！」

海月さんがぎゅっと拳を固めた。

「えーと、じゃあ、わたしたちも次の句に進みましょう」

萌さんが笑いながら言った。

「もう四句目まで終わったんだから、あと二句で裏じゃないですか」

航人さんが微笑む。

「そしたらお菓子が出るんですよね！」

柚子さんがにこにこ顔になる。

「まわりを見ても、うちの座、けっこう速い方だと思いますよ。悟さんの座もまだ三句目が付いたばかりみたいです」

海月さんが言った。

「よかったあ。少なくともスピードではリードしてますね」

萌さんがほっとした顔になる。

「えーと、じゃあ、次は月です。秋の月」

萌さんが言った。

「そろそろわたしたちも付けないといけないですね」

蒼子さんが航人さんの顔を見る。

「そうですね、捌きのわたしが『月』というのも良くない気がするので、ここは航人さんか蒼子さんにお願いしたいです」

萌さんがうなずいた。

「そうですねえ。前の句が時計の音ですからね。どんな月でも付けられそうだ」

航人さんも蒼子さんも短冊を手に取り、ペンを握る。少し考えたあと、航人さんがさらさらと句を書き、萌さんの前に置いた。

「え、すごい……」

萌さんはしばし黙った。

「蒼子さんがまだでしたら、これにしようと思いますが……」

「ええ、いいですよ。わたしのはうまくまとまりそうにないですし」

「じゃあ、こちらで」

萌さんはうやうやしく短冊を取りあげ、蒼子さんに渡す。航人さんは恥ずかしそうに笑って「ありがとうございます」と頭をさげた。蒼子さんがマジックで句を書き写す。「昼月とかつて星屑たりし我」とあった。

「これは……。スケールが大きいですね」

海月さんがうなり、柚子さんも深くうなずいた。星屑という言葉を見て、わたしは野村遊星という航人さんのかつての筆名を思い出していた。

「連句っていうのは、全体としては調和が大事なんだと思いますが、個人の句に関してはそれぞれ自分の得意なところを追求した方がいいのかもしれないですね。わたしにはどうがんばってもこういう熟練の句は作れないわけで」

海月さんが模造紙をじっと見つめる。

「でも、僕たちには海月さんのような句は作れないんですよ」

航人さんが笑った。

「じゃあ、わたしも出さないとね」

蒼子さんが句を書き、短冊を出す。

「いいと思います。これにします」

萌さんがうなずく。

「ありがとうございます」

蒼子さんも頭をさげてから、模造紙に句を書いた。

冬日和言葉の海に出帆す　柚子
　胸いっぱいに受ける北風　陽一
窓際に白猫たちが集いゐて　一葉
　時計の音が永遠のよう　海月
昼月とかつて星屑たりし我　航人
　するりするりと洋梨を剝く　蒼子

3

「よっし、これで表六句終わりですね！　じゃあ、お菓子もらいに行ってきます！」

海月さんが勢いよく立ちあがる。そういえば開会式のとき、表六句が終わったグループにはお菓子を渡しますので、飲み物コーナーに取りにきてください、と言われていた。

「まだどこの座も立ってませんから！　いちばん乗りですよ！」

うきうきした声で言う。お菓子のこともあるが、海月さんとしてはいちばん乗りがうれしいらしい。さっさと飲み物コーナーに行ってしまった。

「じゃあ、わたしも行ってきます。追加の飲み物もあった方がいいですよね」

そう言って、みんなの希望を訊いた。忘れるといけないので、短冊にメモして飲み物コーナーに向かう。途中、お菓子の袋を持った海月さんとすれちがった。

「やっぱりいちばんでした！」

海月さんはそう言ってピースサインを作る。

「それに、見た感じ、まだまだ月を作ってるところが多いみたいですよ。お菓子係の人にも、速い、って褒められました！」

得意げに胸を張る。

「一葉さん、飲み物ですか？」

「みんなの分を持っていこうと思って」

「あ、なるほど！　じゃあ、お菓子置いたら手伝いに行きますね」

海月さんがスキップしながら座に戻っていく。わたしは飲み物コーナーに行き、メモ通りに飲み物を作っていった。途中で海月さんが戻ってきて、砂糖やミルクをトレイに置いたり、手分けして飲み物を作ったりして席に戻った。

「大会からのお菓子、バウムクーヘンだったんです。しかもしっとり系で有名なお店のやつ」

海月さんがうれしそうに言う。

「バウムクーヘン、好きなの？」

「はい！　バウムクーヘンにはけっこううるさいですよ。わたしはしっとり派なんですけどね。姉は硬いやつが好きで……」

「硬くて香ばしいやつもおいしいよね。あと、今日はわたしが持ってきたお菓子もあるからね」

「え、ほんとですか？　それは素晴らしい」

海月さんが目をきらきらさせた。

席に戻って飲み物を配った。バウムクーヘンは丸いのを切り分けるわけではなく、小さいものが小袋にはいっている。袋から栗甘納糖の箱を出し、蓋を開けた。

「おおお、栗」

海月さんが箱の中をじっと見る。

「十二月の定番はもなかなんですけど、今日は柚子さんがいらっしゃるので」

「毎度毎度すみません」

柚子さんが申し訳なさそうな顔になる。

「でも、あたらしいお菓子に出合うのも楽しいですからね」

陽一さんが言った。

「大きな栗ねえ。黄色いのと茶色いのがあるけど……」

蒼子さんが訊いてくる。

「茶色いのは渋皮がついてるんです」

「渋皮……！　じゃあ、わたし、そっちにしようかな」

蒼子さんが言った。それぞれの希望を聞きながら栗甘納糖を取り分け、懐紙の上に置く。

「すごいですね〜。バウムクーヘンと栗のお菓子。天国じゃないですか」

海月さんはうれしそうだ。

「まあ、いまはリードしてますけど、ここであんまり気をゆるめちゃうと追いつかれてしまいますからね。お菓子もいいですが、句のことも忘れないでくださいね」

萌さんが言った。

「あ、でも、句が付いてないのはわたしだけか。じゃあ、ここは捌きのわたしが考えます。秋の句ですよね。えーと、どうしようかな」

萌さんはそう言いながらバウムクーヘンを頬張った。

「あ、おいしい！」

「そうですよ、バウムクーヘンはおいしいんです。集中して食べた方がいいと思いますよ」

海月さんが言った。

「わかりました。そうします」

萌さんがぺこっと頭をさげた。


みんなが談笑しているなか、航人さんの方をちらっと見た。偏西風の座には森原さんがいる。気になっているんじゃないか、と少し心配していた。だが、航人さんはみんなの会話を楽しそうに聞いていて、偏西風の座の方を見る様子はない。

——わたしはね、航人さんはあのときもいまも怒ったりはしていないと思うの。ただ愛されなくなったことが悲しかったのよ。その傷は、彼女が変わったからといって帳消しにはならない。そんな都合のいいものじゃないでしょう。

——航人さんはただ愛されたかっただけなんじゃないかな。幼いころにお母さんを亡くして、愛された経験がなかったから、千草さんに愛されてしあわせだったたんだと思う。でもそれはなくなってしまった。どっちが悪いというわけじゃないのかもしれないけど、それは失われてしまって、もう元に戻らない。

ランチの席で桂子さんが言っていたことを思い出す。

森原さんも航人さんも、はじめはほんとうに相手のことを好きだったんだろう。でも、森原さんは劣等感に苛まれ、関係が壊れてしまった。たぶんどちらが悪いわけでもない。

おたがいに繊細だったからなのかもしれない。だからおたがいに引き寄せられたけど、繊細だったからどうにもならなくなった。大会には来たけれど、航人さんは森原さんと会話せずに終わるつもりなのかもしれない。

「萌さんの座はもう裏にはいったみたいですね」

男の人の声がして、はっとした。目の前に睡月さんが立っている。

「そうなんです！　いちばん乗りでした！」

海月さんが元気よく答える。

「ああ、あなたが話題のＪＫですか」

睡月さんが目を細める。ＪＫ……？　ああ、女子高生のことか。

「はい、蛍の妹です」

「そうか、どれどれ……。この句かな？」

睡月さんが「永遠」の句を指す。

「おお、なかなかかっこいいじゃないですか。けっこう、けっこう。これは将来有望だ。航人さんもよかったですね。これだけ期待の新人がたくさんいるんだから、ひとつばたごも安泰だ」

睡月さんが座を見まわし、ふぁっふぁっふぁと笑った。

「睡月さんは今日はどこの座なんですか？」

萌さんが訊いた。

「わたしはね、残念ながら今日は座がないんですよ。審査員だから。どこかの座にはいっちゃうと不公平になる、って言われて。でも、暇なんだよねえ。賞の対象にならなくてもいいから勝手に巻いちゃおうって話になって、選考委員三人であそこで勝手に巻いてますよ。わたしたちももう表が終わったところで。恋の座の前に敵情視察に来たってわけです」

「ってことは、うちのライバルは実質、選考委員グループってことですか」

海月さんがふむふむとうなずく。

「いやいや、連句は速さだけじゃないからね。いいものを作ってくださいよ」

睡月さんはまたふぁっふぁっふぁっと笑って、去っていった。

裏にはいり、萌さんの秋の句から、恋の座へ。ここまでくると、みんなどんどん句を出すようになり、萌さんの前にいくつも短冊がならぶようになった。萌さんも、うーん、えーと、と言って悩むことが増えた。

恋を離れたところでいったん行き詰まってしまったが、蒼子さんが時事句を出してなんとか脱出。七七をはさんで夏の月、その後また雑をはさんで花の座に。いつも句が出たが、海月さんの「花びらが孤独な竜にふりしきる」が取られた。

結局、巻き終わったのは五時十五分前。ぎりぎりではないが、ずば抜けて速いというわけでもなかった。

みんなでまちがいがないかチェックし、蒼子さんが提出用の紙に清書。そのあいだにほかのメンバーでタイトルを考える。案はいろいろ出たが、結局発句の「出帆」と決まった。

清書とともに模造紙の方も提出した。模造紙は会場内の掲示板に貼られるらしい。ひとつばたご1の方も終わったようで、いっしょに受付に提出した。

選考が行われているあいだ、参加者の方は三十分間の休憩だ。柚子さん、蛍さん、海月さんといっしょに貼り出されたほかの座の作品を見てまわった。

「いやあ、こっちの座は最初ゆっくり進めてたので、最後の方は焦りました」

ひとつばたご1の作品を見ながら、蛍さんが言った。見慣れた名前がならんでいるのに、捌きが悟さんのせいか、いつものひとつばたごの作品とはちょっと雰囲気がちがっておもしろかった。

ほかの座も、二座だけ挙句がないところがあったが、ほとんどが満尾している。こんなにちがうものなのか。いろいろな座の作品を見くらべながら、そのことに驚いていた。式目自体はほぼ同じはずだが、ひとつばたごとは語を選ぶ感覚も、付け合いの雰囲気もちがう。文語表現で格調高い座もあるし、若々しく鮮烈な句がならぶ座もある。刺激的でどきどきした。

柚子さん、蛍さん、海月さんも、それぞれ気になる作品があるようで、いつのまにかばらばらになっていた。少しひとつばたごに似た雰囲気の作品があり、足を止めて見ると、それが森原さんのいる偏西風の座の作品だった。

表では第三、裏では恋句と月の座に森原さんの句があった。「炭酸の泡に無数の月宿る」。ここは「夏の月」だが、炭酸が夏の季語で、炭酸の細かい泡のひとつひとつに月が宿っているということなんだろう。透明な液体のなかに小さな月がどんどん増えていくようで、新鮮だった。

偏西風の座は全体にやわらかくて透明感のある句が多く、付け合いも自然で、好きだな、と感じた。付いて離れるの精神に則り、打越からは飛躍しているのに、その飛躍が心地よく、音楽のようだと思った。

参加者の人気も高いようで、人がたくさん集まってきている。いったん離れてほかの座を見てからもう一度偏西風の座に戻ろうとして、思わず足を止めた。掲示板の前にならんで立つ航人さんと森原さんのうしろ姿が見えた。

「いい作品ですね」

航人さんの声が聞こえた。

「ひとつばたごの作品も見事でした。若い方がたくさんいるんですね。皆さんいい句でした」

女性の声がした。森原さんの声なんだろう。

「おかげさまで、なんとかやってます」

航人さんが答える。おたがいに顔を見ず、前を向いたままだ。

「あのときは悪かったと思ってます、心から。いまさら謝ってもどうにもならないことですが」

しばらく沈黙が続いたあと、森原さんが言った。

「謝ることじゃないですよ。あなただけが悪かったわけではない。人がふたりいてうまくいかなくなって、どちらかひとりだけが悪いなんてことがあるわけがない」

硬い声だった。

「あなたにかなわないと思っていた。いつも自分がねじ伏せられているように感じて……」

森原さんがうつむく。

「僕にはそんな力はないですよ」

「わかってます。自分の心の問題だったんだって」

「僕は……。あなたがそばにいてくれてうれしかったんだ。でもあのときはそれがわからなかった。あなたがなぜそばにいてくれるのかも。だけど僕はあなたから与えられたものを受けとめるだけで、なにも返せなかった。あなたも欲望を持ったひとりの人間であることを理解できていなかった」

森原さんはなにも答えず、うつむいた。

「僕のもとを離れてあなたが自由に羽ばたけたなら、きっとそれが良かったんだと思います」

「ごめんなさい。わたしはなにもわかってなかった。自分のことをわかってもらいたいと思うばかりで……。愚かでした」

「そんなことはないよ。おたがいさまだ」

航人さんが言った。

「ありがとう。今日、会えて良かったです」

少し沈黙が続いたあと、森原さんがそう言った。

「僕もです。あなたがどこかであなたらしく生きていることがわかって、ほっとしましたよ。ようやく刺さったままになっていた棘《とげ》が抜けたような気がしました」

航人さんも森原さんを見た。

「小説も読みました。いい作品でした。僕にはとても書けない。これからもがんばってください」

航人さんはそう言って、その場を離れていった。

「どうかしましたか?」

どこからか声がした。はっと横を見ると、知らない男の人が立っている。

「あ、いえ……」

「さっきからずっと立ち止まっているから、なにか困ったことでもあったのかと」

「いえ、そういうわけでは……。偏西風の座の作品が素晴らしいなあ、と思って」

「ああ、偏西風。素敵な作品ですよね」

男の人がにっこり笑った。

「失礼ですが、はじめてですよね。僕は大会の運営をしている城崎《きのさき》って言います」

「運営ということは、睡月さんのお弟子さんですか? わたしは、ひとつばたご2の座の豊田《とよだ》です」

「航人さんがいらっしゃる座ですか。僕は睡月さんの講座を受けた者で、いまは同世代の連中だけでグループを作ってるんですよ。あそこにある『きりん座』っていう……」

　そう言って偏西風の斜め横の卓を指した。きりん座。さっき鮮烈な句がならんでいると感じた座だった。

「正直、初心者だけの集まりなんで、作品の方はまだまだなんですが」

　城崎さんが笑った。

「見ました。新鮮で、とてもおもしろかったです。現代短歌のような雰囲気があって……」

「あ、そうなんです。みんな短歌が好きで、メンバーのなかには短歌を作っている人が多いんですよ。今日はひとつばたご1に川島久子さんがいらしてるでしょう？うちの座にはファンがけっこういるんで、ざわついてました」

「そうなんですか。あとでご紹介しましょうか」

「え、ほんとですか。ありがとうございます。みんな喜びます」

　城崎さんが笑顔になった。

「そろそろ選考結果が出るころですね。僕はちょっと準備があるので……。このあとの懇親会には出られますか？」

「はい、出るつもりです」

「じゃあ、またそのときに」

城崎さんはそう言って、ばたばたと受付の方に走っていった。

4

選考の結果が発表され、優勝は偏西風の作品だった。偏西風の主宰は五十代の女性詩人らしい。今日は同じく詩人の三十代の女性が捌きをつとめた。

そして、わたしたちひとつばたご2はなんと準優勝。萌さんが壇上にあがり、賞状を受け取った。睡月さんともうひとり女性の委員の選評があり、偏西風の捌きとともに、萌さんも受賞のスピーチをした。

閉会式に続いて懇親会がはじまり、軽いおつまみと飲み物が出た。萌さんは感激のあまり声がうわずり、海月さんは満面の笑みを浮かべている。選評で、睡月さんから竜の句を褒められたのもうれしかったらしい。

「優勝じゃなかったのが少し残念ですけど、こういう大会は初参加ですし、まあ順当ですよね」

「あんたはまたそうやって……。連句は競争じゃないんだから」

蛍さんが笑いながらそう言った。

「今日は楽しかったですねえ」

航人さんがしみじみと言った。

「柚子さんの発句じゃないけど、ほんとに『言葉の海』っていう感じだったわ」

桂子さんも微笑む。

「うちの座も準優勝でしたし」

海月さんが言った。

「勝ち負けじゃないけど、やっぱり賞状をいただいたらうれしいですよね」

航人さんが笑った。

悟さん、鈴代さん、萌さん、陽一さん、蛍さん、海月さんは今日の捌きの話で盛りあがっている。桂子さんは選考委員にむかしの知り合いがいたらしく、あいさつしている。航人さんは睡月さんのところへ、蒼子さんもどこかの座へと散り散りになっていった。

わたしは城崎さんの座の人に久子さんを紹介した。きりん座の人たちと話すうちに、いつかきりん座にも遊びにきませんか、と誘われた。遠くに森原さんと柚子さんが話している姿も見えた。

目の前に大きな海が広がって、きらきら輝いているみたいだった。

復活祭の卵

1

大会翌日の夜、わたしは桂子さんから借りた雑誌をカバンから取り出した。航人さんが大学生のころ書いた小説が掲載されている古い同人誌だ。

開くのがいまになってしまったのは、昨日は帰りが遅くなり、今日は朝から仕事だったのもあるが、読むことに躊躇《ためら》いを感じていたのが大きかった。発表したものとはいえ、航人さんはこの作品のことを冬星さんにも話さなかったようだし、人に読まれたくないものだったのかもしれない。

そうして封印してきたものを、いまになってこじ開けて無理矢理見るのが良いことなのか、自信が持てなかった。

——いったんは雑誌に発表したものよ。読まれたくない、なんて言い訳はきかないでしょ?

桂子さんはそう言っていたけれど、ほんとうにわたしが読んでもいいものなんだろうか。

――航人さんがどういう人か、知っておいてほしいの。連句のときはわたしたちの作るものを捌くだけだけど、航人さんのたましいをひとつぱたごのだれかに知っておいてもらいたいから。

桂子さんのその言葉を思い出し、おそるおそる表紙をめくる。あのときちらっと目にした冒頭の文章に、いきなり心を摑まれた。

読まれたがっている。

そう感じた。あらためてその部分を見て、航人さんの意図とは別に、この文章は人に読まれたがっている、と思ったのだ。そこからは一気に吸いこまれるように作品の世界にはいってしまった。

幼いころに母を亡くし、祖父母の家に預けられた青年が、父や祖父母と訣別し、ひとりで生きる道を選ぶまでの小説で、いまのおだやかな航人さんからは想像もつかないほど、激しい感情が描かれていた。

ほんの数十ページの短い小説だ。だが、重い水のなかを進むような読み心地で、ページをめくるごとに息苦しくなり、胸がどくんどくんと高鳴った。

読み終わってしばらくは茫然としていた。若いころの森原さんがこれを読んで、かなわないと思ってしまったのもわかる気がした。それほど力強く、熱のこもった作品だったのだ。

これほどのものが書けるのに、航人さんはどうして小説創作を続けなかったんだろう?

航人さんは、自分は連句だけ、短歌も俳句も詩も小説も、ひとりで作るものは書いたことがないし、書けない、と言っていた。

――僕はね、連句はみんなで巻くからいい、と思っているんですよ。

いつだったか、航人さんがそう言っていたのを思い出した。

――みんなで巻くから、いやでもほかの人の句を読むでしょう? ほかの人がなにを思っているか、考えるでしょう? 人って放っておくと自分のことばかり考えてしまうから。

――僕は、人はもっとほかの人のことを考えた方がいいと思うんです。考えてもわからないけど、わからないところがいいんです。だからね、僕は自分じゃできないけど、短歌や俳句も句会や歌会があるからいいなあ、と思っているんです。自分に向き合うんじゃなくて、わからない人といっしょにいることについて考えるのが生きることだと思うから。

そんなふうに言っていた。

トークイベントのために短歌を作っていたときは、自分のなかに深くもぐっていくような気持ちになった。短歌という短い形式でも、ひとりで作るというのは、その孤独を見据えることだ。連句はそれとはちがう。そのあたたかさに惹かれて連句を続けてきた。

でも、ひとりひとりの人はみな孤独を抱えている。航人さんも森原さんも、桂子さんも蒼子さんも。たぶん祖母も。

雑誌を閉じて、表紙を見る。祖母もこれを読んだのだろうか。

——でもなぜかわからないけど、一葉さんなら、と思ったの。治子さんのお孫さんだからかな。

——お菓子番は、裏の番頭さんみたいなものだから。

桂子さんの言葉を思い出し、なぜか胸が熱くなった。


連句会の前の週、大会の休憩時間に知り合った「きりん座」の城崎さんから連絡があった。

久子さんを紹介してもらったお礼からはじまり、今度ぜひきりん座の連句会に来てください、と書かれていた。

きりん座には年配の指導者がいるわけでもなく、わたしと同世代の人たちだけで構成されているようだった。中心になっているメンバーは八人で男女半々。短歌を作っていた人たちが集まって連句を巻いてみたのがはじまりらしい。

城崎さん自身は短歌経験はなく、最初は短歌好きの友だちに誘われて参加したのだが、巻いてみたら楽しくて、すっかり常連になってしまった。いまはメンバーも広がって、城崎さんと同じように短歌経験のない人もいるみたいだ。

みんな仕事もあるし、毎月連句会を開催するのはむずかしいので、集まって巻くのは、春・夏・秋・冬の年四回。連句と短歌とエッセイを掲載した同人誌を年に一度発行している。

次回の連句会は四月のはじめの土曜とのことで、第三土曜日におこなう「ひとつばたご」とぶつかることはなさそうだ。

とはいえ、「あずきブックス」も土日はけっこう忙しい。月に二回休めるかは泰子さんに訊いてみないとわからない。それで、ブックカフェに勤めていて土日も勤務がある、休めそうなら行きます、と返事した。

数日後に返信があり、メンバーに話したところ、ブックカフェに関心を持つ人が多く、一度行ってみたいのでお店を教えてほしい、と書かれていた。あずきブックスのサイトを教え、この前も久子さんを講師に短歌関係のイベントを開いたことを書き添えたところ、今度みんなでうかがいます、という返事が来た。

ひとつばたごにも誘おうかと思ったが、わたしが勝手に声をかけてしまっていいのかわからない。次の連句の席で、航人さんに訊いてみよう、と思った。

2

二月の連句会のお菓子は「豆源《まめげん》」の豆菓子。餡子ものではないが、残念ながら柚子さんは仕事の都合でお休みなのだそうだ。常連のなかでは悟さんと鈴代さんが仕事でお休みで、ゲストとして久子さんと啓さんが参加するらしい。

啓さんは去年の六月に久子さんの紹介で連句会にやってきた歌人で、高校の先生をしながら短歌関係の本も出している。となると、全部で十人。豆菓子は甘辛いろいろ取りそろえて十袋買うことにした。

当日は早めに出て麻布《あざぶ》の豆源に寄った。店内には色とりどりの豆菓子がならんでいる。ころころした豆菓子が詰まった袋は、おもちゃのようなかわいらしさがあり、選ぶこと自体がなかなか楽しい。甘いの四種類、辛いの四種類、変わり種二種類を選び、レジに持っていった。

今回の会場は十月の会と同じ池上会館だ。

小研修室という部屋に着くと、もう航人さん、桂子さん、蒼子さん、久子さん、萌さん、蛍さんがいて、みんなで蒼子さんを取り囲んでいる。蒼子さんは着物姿だった。藤色と黄色の小紋に紫の羽織を重ね、渋いピンク色の帯を締めていた。

「一葉さん、この帯、蒼子さんが織ったものなんですって」

蛍さんが蒼子さんの帯を指す。

「あ、前に話していた……」

秋の連句会で、蒼子さんが帯を織っていると言っていたのを思い出した。遠くからはピンクのように見えたが、よく見るとピンクと薄い茶色、その中間のような糸がいろいろ混ざっているようだった。

「そう、ようやくできたの」

「きれいな色よねえ。素敵だわぁ」

桂子さんが目を細める。

「年末には織りあがってたんですけど、仕立てるのに時間がかかってしまったんです。ほんとは連句大会のときに締めたかったんですけど、間に合わなくて」

蒼子さんが笑った。

「それは残念だったわね。お着物だったら睡月さんが喜んだわよぉ」

桂子さんも笑った。

「その色も草木染めなんですか？」

萌さんが訊く。

「そうです。桜や桃や梅の幹で染めたものを使ってて……。草木染めは枝を使ったり実を使ったり葉を使ったりいろいろなんですけど、植物として目に見えている色と同じになるとはかぎらないみたいで」

「不思議ですねえ」

萌さんと蛍さんが帯を見つめた。

「こんにちは。今日はよろしくお願いします」

扉の方から声がして、見ると啓さんだった。

「いい会場ですね。お寺が近くて、緑がたくさんあって。崖の下に建っているのも素敵です。池上駅から来たんですけど、葛餅屋さんや煎餅屋さんがあって、寺町っていう雰囲気でした」

啓さんがほがらかに言う。

「啓さん、あの、啓さんが書いた短歌の入門書、読みました」

萌さんが言った。

「え、ほんとですか？」

啓さんがうれしそうな顔になる。

「わたしも読みました。秋に久子先生を招いて短歌のイベントをしたので」

そう説明した。

「ああ、そうでしたね。僕も行きたかったんですが、仕事があって……」

「一葉さんや萌さんも短歌を作ったんですよね」

久子さんが言った。

「そのために必死で入門書を読んで、勉強したんです。啓さんの本はすごくわかりやすくて、参考になりました」

そう言って、頭をさげた。

「よかったです。若い人にも短歌に親しんでもらいたいと思って、できるだけやさしく書いたんですよ。うちの高校でもときどき、あれを読んで短歌作ってみた、って言ってくれる生徒がいて」

啓さんがにっこり微笑む。

「蛍さんの歌は会場の人気投票で三位になったんですよ」

久子さんが言った。

「へえ、三位。すごいですね」

啓さんが言うと、蛍さんは恥ずかしそうにうなずいた。

3

その後、直也さんや陽一さんもやってきて、手分けしてお茶や短冊の準備をした。

「じゃあ、そろそろはじめましょうか」

全員席についたところで、航人さんが言った。

前回は大会の席だったから、まわりにもたくさんほかの座があった。あれはあれで楽しかったけれど、やっぱりこうして慣れたメンバーだけで巻くのは落ち着くな、と思う。

航人さんの様子もいつもと変わらない。でも、森原さんとの話を聞き、若いころの小説を読んだことで、わたしの航人さんに対する見方が変わった。

これまでわたしは、航人さんは生まれつきまわりの人の気持ちを受け止められるおだやかな性格なんだと思っていた。いや、そう思っていたというわけでもなく、たぶんちゃんと考えていなかったのだ。わたしよりずっと年上で、だからなにもかもちゃんとできるんだと思いこんでいた。

だけど、そんな人がいるわけがない。みんないろいろあって、いまの姿になった。気持ちが揺れるのも、変化するのも若いころだけだと思っていたが、航人さんの年齢だって、桂子さんの年齢だって、気持ちは揺れるし変化もする。そういうものだと悟った。

「立春を過ぎましたし、今日はもう春ですね。発句は春の句でお願いします」

航人さんの声がする。

発句は挨拶句。ここに来るまでに見たものや、この場に来て感じたことを詠む。くりかえしくりかえし、毎月連句を巻きはじめるときにしてきたこと。それが、遊びの席で日常を脱ぎ捨て、ここにいる人たちに向き合うための準備のようなものだということも、少しずつわかるようになった。

今日はなにを詠めばいいだろう。豆源の色とりどりの豆のこと？　蒼子さんの着物のこと？　親しい人たちとの集いにほっとしたことでもいいかもしれない。あれこれ考えているうちに、航人さんの前に、二枚、三枚、と短冊がならびはじめた。

「どうですか？　かなりいい句が集まってきましたが」

航人さんが短冊をいくつか手に取った。

「僕はこのふたつがとくにいいと思いました。『光る風に深呼吸して寺の町』と『なめらかな岩の白さや春の川』。でも、発句と考えると『光る風に』の方がいいかなあ。これからなにかがはじまる期待感があります。これはどなたの句ですか？」

航人さんが言うと、啓さんがすっと手をあげた。

「ここに来るまでの寺町の印象を描きたくて」

啓さんが言う。高校の先生をしているからなのだろうか、はっきりして聞き取りやすい声だ。

「では今回はこちらにしましょう」

航人さんはうなずいて、蒼子さんに短冊を渡した。

「次は脇ですね」

「発句と同じ季節、同じ場所、同じ時がいいんですよね。それで、体言止め」

萌さんが言った。

「そう。さすが。大会での捌きも見事でしたね」

「準優勝だもんねぇ。すごいよね」

鈴代さんがにこにこ笑う。

「いえ、あれは航人さんと蒼子さんが同じ座にいてくれたからで……」

萌さんがぶるぶると首を横に振った。

「そんなことはないですよ。あれは萌さんの作品。素晴らしい捌きでした。まあ、それはそれとして、皆さん、脇を作ってくださいね」

航人さんにそう言われ、みんなあわてて短冊を手に取った。

お寺のまわりの風景を想像し、参道から続く長い階段のことを思い出した。池上から来ると、小さな川を渡ったあと長い階段があり、のぼった先に門がある。階段坂を包む春の香。そう短冊に書いて、航人さんの前に置く。すでにいくつか短冊がならんでいた。

「いいですね。みんなよく付いてます。どれも素敵なんですが、ここは階段坂の句にしましょう。寺町の発句によく付いてます。これはどなたの句ですか」

「はい、わたしです」

そう言って手をあげた。航人さんが蒼子さんに短冊を手渡す。

「次は第三ですね。もう一句春の句です。ただ、発句脇から大きく離れて、別の世界をスタートさせるような気持ちで」

「あと、て止めで、発句が自の句だから自以外ですよね」

萌さんが言うと、航人さんがうなずいた。みんなペンを取り、短冊に向かう。ひとりで何枚か書いて出す人もいて、航人さんの前に短冊がずらりとならんだ。

「皆さん、おもしろいですねえ。ここは『ゆふぐれの若布《わかめ》は水にふくらみて』にしましょうか。これは台所の句ですよね。若布を水に戻す風景。室内の風景に転じているのがいい。こちらはどなた？」

「わたしです」

久子さんが手をあげた。

四句目は萌さんの「お皿並べて待つだけの子ら」。月の座は桂子さんの「天窓を開け満月を招きをり」。そこから秋にはいり、直也さんの「森をゆさぶるひぐらしの声」と続いた。

光る風に深呼吸して寺の町　　啓
　階段坂を包む春の香　　一葉
ゆふぐれの若布は水にふくらみて　　久子
　お皿並べて待つだけの子ら　　萌
天窓を開け満月を招きをり　　桂子
　森をゆさぶるひぐらしの声　　直也

表六句が終わったので、豆菓子を袋から出す。

「いろんな色があって、かわいいですねえ」

蛍さんがうれしそうに言った。

「甘いのと辛いのを交互に食べると、無限にいけちゃうんですよね」

萌さんも楽しそうに豆を選んでいる。

わたしは航人さんたちにきりん座のことを訊いてみることにした。自分がきりん座の連句会に誘われたことを話し、きりん座の人をひとつばたごに招いてもいいかと訊くと、航人さんは、もちろん、いいですよ、と微笑んだ。

「これまでだってひとつばたごにあたらしい人がやってくることはよくあったでし

ょう？　一葉さんだってそうやってやってきたわけで」

蒼子さんが笑った。

そういえばそうだった。亡くなった祖母が書き残したお菓子のメモをもとに、祖母の代わりにお菓子を届けるつもりでひとつばたごにやってきて、なぜか連句を巻くことになり、それからもう二年、ここに通い続けている。

「会員制というわけじゃありませんし、ひとつばたごはオープンな場にしたいですから。それに、この前の大会に参加して、僕も思いました。これまでほかとかかわることを避けてきたけれど、広がるのはやっぱりいいことだな、って。ほかの座の会に参加するのもいいことですよ。座によってちがいもありますし、別の世界を知ることにもなりますから」

「わたしもちょっと興味あります」

蛍さんが言った。

「きりん座って、わりと若い人が多かったですよね。そういうところでどんな作品ができるのか、見てみたいですし」

「そう？　じゃあ、いっしょに行ってみる？　わたしも蛍さんが来てくれたら心強いから」

「はい、ぜひ！　あと、わたしも捌きやってみたいなあ、と思いました」

蛍さんが言った。

「いいと思うよ。たいへんだけど、やっぱり捌きをやるといろいろわかるから、みんなやった方がいいと思う。陽一さんも、一葉さんも」

萌さんがわたしや陽一さんを見た。

「え、ええ、僕はまだちょっと……」

陽一さんが両手をぶるぶる振った。

「まあ、今日巻きはじめて、やっぱり連衆の方が楽しいかも、と思いましたけど」

萌さんの言葉に、みんな笑った。たいへんそうだけど、わたしもいつか捌いてみたい。きりん座に行って、別の座のことも知りたい、と思った。

「お菓子もいいですけど、句もちゃんと考えてくださいね」

航人さんが笑いながら言う。

「とくにまだ付いてない人。蒼子さんと陽一さんと蛍さん……かな？」

「はいっ、すみませんっ。ええと、ここはまだ秋ですよね」

蛍さんが訊いた。

「次までは秋で、そのあとは恋にはいっていく感じで、季節なしでも大丈夫」

「わかりました」

蛍さんも陽一さんもペンを握り、じっと考えている。

航人さんは、最初のうち、とくに表六句は同じ人の句を取らず、連衆全員を一巡させることが多い。そういう規則があるわけではないし、理由を説明されたわけでもないが、ひとつで見ていい句をならべるより、多様な句をならべることを重視しているからなんだ、と感じるようになった。

もちろん桂子さんや久子さんのように達者な人はひとりで多様な句を作れる。でもやはりそれは同じ頭で考えたもの。それより別の人の考えたものの方がいい。表現として描くても、ちがうものをならべた方がおたがいが引き立つ。

裏にはいれば緩急がつき、同じ人の句がならぶことがあってもいい。だが最初はみんなの心が出そろうのを待つ。そういうことなんだろう。

「こちらでどうですか?」

着物の袂をおさえながら、蒼子さんが短冊を出す。

「ああ、いいですね。こちらにしましょう」

航人さんが微笑む。

「ありがとうございます」

蒼子さんはそう言って立ちあがり、ホワイトボードに句を書いた。

団栗と臭木で染めた絹の糸　　蒼子

「素敵。草木染めの話ね」

桂子さんが言った。

「最初のは『どんぐり』ですよね？　次のはなんて読むんですか？」

蛍さんが訊く。

「『くさぎ』です」

蒼子さんが答えた。

「『臭い木』なんて、ひどい名前でしょう？　実際、少し変な匂いがする木みたいです。変っていっても、腐敗臭とかじゃなくて、ゴムみたいな変わった匂いで……。でもね、秋になると青い実がなるんです。熟すと紫みたいな色になる小さな実です。それを集めて煮出すと、あざやかな空色に染まるんですよ」

「空色ですか？」

「ええ。この帯にも少しだけ使ってるんですが。淡い空の色で……。このあたりの色ですね」

蒼子さんが自分の帯を指す。蛍さんは立ちあがって蒼子さんのそばに行き、帯を見つめた。

「ほんとだ。細く水色の糸がはいってますね。こういう色なんですか。たしかに空の色です」

「どんぐりの方は茶色っぽく染まります。媒染剤《ばいせん》によっては濃いグレーのようにもなって、秋らしくてそれもまたいい色なんですよ」

蒼子さんは楽しそうにそう言った。

「さあ、そろそろ次の句にいきましょう。もう季節を離れて恋にはいっていいんですよ。前が草木染めの糸で、恋もはじめやすいと思いますし、陽一さん、蛍さん、がんばってください」

航人さんが微笑む。

「わ、わかりました」

蛍さんがペンを握り直した。

4

次は、むかしの女学生のイメージで作ったという、蛍さんの「三つ編み少女が文庫本読む」が付いた。いよいよ本格的に恋句に、となったとき、萌さんから「後出しで負けてふたりで買い出しへ」という句が出た。

「これはおもしろいですねえ。後出しでわざとじゃんけんに負けて、好きな人とふたりで買い出しに行くってことですよね」

航人さんが笑った。

「そうです」

「ちょっとズルいんだけど、かわいいですよね」

蒼子さんも微笑む。

「ほんとは陽一さんの句を先に取りたいところだけど、この句のおもしろさは捨て難い。ここはこちらにしましょう」

航人さんはそう言って、蒼子さんに短冊を渡した。

「すみません、そしたら、次はこれでどうでしょうか」

陽一さんがすっと短冊を出した。

『父さんに似た人だけが好き』。ああ、いいですね。これはおもしろい」

航人さんが含み笑いをする。

「思春期あるあるですね。父親のことは好きじゃないのに、なぜか好きになる人はみんな父親に似てる、みたいな。このちょっと危うい感じがおもしろい」

直也さんがくすっと笑った。

「じゃあ、進みましょう。次はまだ恋を続けてもよし、そろそろ離れてもよし」

「季節はまだなしでいいんですよね」

蛍さんが訊いた。

「次の次あたりで夏か冬どちらかの月を入れます。そこまでは季節はなしで」

航人さんが答えた。

「そしたら、これはどうかしら」

桂子さんがさっと短冊を出す。

「『硝子戸の破片は空を映したり』。いいですね、廃墟のような雰囲気もあり、戦地の風景のようにも見えます」

航人さんは短冊を続けて蒼子さんに渡した。

「いまは世界各地で紛争が起こってますしね」

陽一さんも深くうなずく。

「この句は人がいないので場の句ですが、この破片を見ている人がいるとしたら、その人のお父さんは戦争で亡くなったのかもしれない。『父さんに似た人』の句も見え方がだいぶ変わりますね」

ホワイトボードに書かれた句を見て、直也さんが言った。

「次は、これはどうでしょうか」

席に戻るなり、蒼子さんが短冊になにか書き付け、航人さんに手渡した。

「ああ、これもいいですね。短句ですが、ここで月をあげるのはとてもいい。前の句が破片に映る空の句だから、打越を月の句にするのは具合が悪いですし、ここにくっつけて月を出した方がいい。これにしましょう」

航人さんは短冊をそのまま蒼子さんに戻した。

「ありがとうございます」

蒼子さんはまた立ちあがり、ホワイトボードに句を書いた。

寝台列車を追う夏の月　　蒼子

「いまおっしゃってたのは、空の句の打越に月の句が来るのがまずい、ということですか？」

萌さんが訊いた。

「そうですね、月や星、それに稲妻やオーロラなんかもすべて空で起こる『天象』ですよね。天象が打越で重なるのはあまりよくない。破片の句は破片に映った空ですが、空という言葉が出てきますから。それに、破片も月もなにかを映すものという性格がなんとなく似ています。だから前句にぴったりくっつけてしまうか、少し離す。でも、ここは後にズラすと花もありますからね」

「あまり花に近づきすぎると、夏か冬の月から、いきなり春に季移りすることになってしまう、ってことですね」

萌さんがうなずいた。

「それに、月と花は少し離しておきたいですし。だからここで擦り付けで夏の月を入れるのはなかなかうまいやり方なんです」

蒼子さんはそのへんのことを踏まえてこの句を出したのだろう。

「じゃあ、次に進みましょう。ここはもう一句だけ夏を付けてもいいし、夏は一句で捨てて、雑にしてもいい。硝子戸の句は場の句ですからね、次は人のいる句で」

みながうなずくと、それぞれホワイトボードを見たり、歳時記をめくったり、指を折って短冊になにか書き出したり。しばらく無言の時間が続き、航人さんの前に短冊がならんでいった。

「どれもおもしろいですねえ。これも迷う」

航人さんがうなり、机の真ん中に短冊を押し出す。

昼寝するグリフォンのよう夏の雲
バカンスに抱いてつれてくテディベア
勢いをつけて水着を振り回す
そら豆に塩をふるふる父の父

蚊遣火をしずかに運び夜が来る

「夏の雲の句は、打越が『破片に映る空』なので少し戻る感じですね。そら豆も打越に『空』がありますし」

航人さんが言った。

「『父さんに似た人』の句にも『父』の字がありますしね」

萌さんが言った。

「そうですね。ふつうの字は三句去り、印象の強い文字で五句去り、と言われていますから……」

「三句去り、五句去りってなんですか？」

萌さんが質問した。

「去り嫌いと呼ばれるものです。同じ字や同じ趣向の句が近くにならばないようにするんですよ」

「カタカナ、アルファベット、数字の打越も避けた方がいいって言われますよね」

直也さんが言った。

「さっき言ってた、印象の強い字ってなんですか？」

蛍さんが訊いた。

「夢とか涙とか、鬼や死なんかもそうですね。字に力があるでしょう？」

「たしかに、そういう字が近くでくりかえされると印象が弱まりますね」

萌さんがうなずいた。

「連句は森羅万象《しんらばんしょう》を詠む。詠むことはたくさんあるんですよ。だから、僕はそういう強い字はできるだけ一巻に一度だけにするよう心がけています。印象の弱い字も、一般には三句去りですが、同じ面にならばないようにします。『父』はそこまで強い字じゃないけど、ここはまだ近すぎますね」

「となると、バカンスか、水着か蚊遣火か……」

萌さんが短冊をじっと見る。

「バカンスの句は、寝台列車をはさんで破片の句と世界が大きく転じるのがいいですね。水着の句も勢いがある。でもここは蚊遣火にしましょう。ここまでにないタイプの句なので」

航人さんが言った。

「ちょっとホラーっぽい感じもありますね」

蛍さんの言葉に、みんな、ほんとだ、と笑った。

「蚊遣火の句、これはどなたですか」

「わたしです」

久子さんが手をあげた。

「そうしたら、夏が二句続きましたから、次はもう離れましょう。寝台列車は場の句ですから、人のいる句をお願いします」

航人さんの言葉でみな短冊に向かい、航人さんの前に句がならびはじめた。

「これも悩みますね。『小津《おづ》のシネマの題は忘れて』。蚊遣火を運ぶ風景は小津映画に合いそうですし、『ハデスの像と向き合って立つ』もいい。ハデスは冥府《めいふ》の神ですよね。まだ神さまは出ていないし……。それとも『PDFとにらめっこする』で日常に戻るか」

航人さんが短冊を見くらべ、うーん、とうなった。

「どれもいいですが、ここはハデスにしましょう」

航人さんが蒼子さんに短冊を渡す。ハデスは直也さんの句だったらしい。

描かれる世界がどんどん変わって、目がまわりそうだ。なにも思いつかずにいるうちに、航人さんの前にはまた短冊が何枚かならんでいた。

「『一族で祖父の忌日《きじつ》に集いたり』と『円形の広場で踊るピエロたち』がおもしろいですね。ハデスに死が付くのは順当ですが、ここは真逆でにぎやかな雰囲気のピエロの句の方にしましょう。そうすると、ハデスの像の方も観光客が旅行中に見た風景という味わいになる。これはどなたの句ですか」

「わたしです」

蒼子さんが微笑んだ。

「次は花前ですね。季節を入れるとしたら春ですが、季節なしでもいいですよ」

短冊を見つめ、ペンを握った。広場で踊るピエロたちを想像するうち、近くのカフェでコーヒーを飲みながらそれを見物している人の姿を思いついた。

ふたり連れで向き合ってコーヒーを飲んでいる。夫婦でもいいけど、前の恋からあまり離れていないし、ここは友だち同士？　それか母と娘とか……。

大学時代、母と旅行に行ったときのことを思い出した。母が行きたいと言っていた金沢で、茶屋街や美術館をめぐったり、陶芸体験をしたり。自分たちの興味があるところを全部巡ることができてなかなか楽しい旅だったが、最後の日、ちょっとだけぶつかりそうになったんだっけ。

きっかけはわたしの就活の話で、どういう経緯だったか忘れたが、外を歩きながら母に小言を言われたのだ。それで少しカチンと来て文句を言おうとしたとき、母が疲れたから喫茶店にはいろう、と言った。

注文だけしてふたりとも無言だったのだが、出てきたコーヒーを一口飲むと、ほっと心がほぐれ、母の方から、ごめん、さっきは言いすぎた、と謝ってきた。

二泊三日の短い旅だけどずっとふたりきりだったから、それまで話したことのないような話まで出て、いい思い出になっていた。あのときのことを思い出しながら「小言くるりと溶かす珈琲」と書き、短冊を出す。

「『ワインの瓶に手紙を入れる』。広場のピエロには付いている気がしますが、ハデスの句が自の句でこれも自の句だから被ってしまいます。四《し》・三《さん》ですし……。『小言くるりと溶かす珈琲』はどうだろう。小言だから、それを言っている相手がいるってことでしょうか。『溶かす』のを自分と考えると自の句ですが、珈琲が溶かしていると思えば、場の句にも読めるかな」

「そうですねえ。でも、これだけだと自の句に読めますよね」

蒼子さんが言った。

「そうですね。これはどなたの句？」

「はい」

わたしは手をあげた。

「珈琲だけを詠んだ場の句か、小言を言う別の主体を出して他の句になっていればいいんですが、そういう形にできますか？」

「考えてみます」

「別の句に変えてもいいですよ。ほかの人もそれぞれ考えてください」

返された短冊をもう一度見つめた。ここに主語を入れるとなると母だけれど、前に父があるから、家族じゃない方がいい気がする。「友が小言を溶かす珈琲」？それはちがうよね。ここは相手が言った小言をコーヒーが溶かす、という意味だから……。ここは場の句にした方がよさそう。

それに、小言まで出すと要素が多すぎるのかもしれない。前の句を考えると、もっとふつうのものが溶けるだけでもいいのかも。「砂糖くるりと溶かす珈琲」と書いてから、これだとやっぱり自分が溶かしているみたいに見える、と思った。

もしかしたら「くるり」がいけないのかもしれない。「くるり」だと、回す主体がいるように見える。「ふわり」だったらどうだろう？「ふわり」だったら溶けていく様子の方に焦点が当たる。それで、「溶かす」を「溶ける」に変えて……。

短冊に「砂糖ふわりと溶ける珈琲」と書いて出す。

「うん、いいんじゃないですか。広場の近くのカフェでの出来事のようにも読めますし、ハデスの打越はこれくらい軽い方がケンカしなくていいかもしれない。こちらにしましょう」

航人さんがにっこり笑う。

「ありがとうございます」

考えたら、ほかの人の句を読むのが楽しくて時間を忘れてしまっていたが、脇で取ってもらってから少しあいだがあいていた。

「次はいよいよ花です。皆さん、素敵な花を咲かせてくださいね。花は前句に付いてるかあんまり考えてなくていいですよ。なにを付けてもたいてい付きますから」

航人さんに言われ、みんな短冊に目を落とし、無言の時間が続いた。やがて、ひとり、またひとりと短冊を出しはじめる。やはり花となると気合のはいり方がちがうようで、ひとりで何枚も出している人もいる。

「いい花が集まってきましたね。たくさんあるんですが、僕はこのあたりがいいかな、と思いました」

航人さんが短冊を三枚選んで前に出す。

ハンカチに花をあつめて一日《ひとひ》過ぐ
満員のレジャーシートに花が降る
はなびらの下に隠れたものがたり

「どれも素敵ですが、とくにものがたりの句に惹かれました」

航人さんが言った。

「いい句ですよね。桜の花びらは薄くて小さいでしょう？　人の指先くらいの大きさしかない。その下に隠れた物語っていうところがいじらしいというか……」

桂子さんがうなずいた。

「じゃあ、こちらにしましょう。この句はどなたのですか」

航人さんが訊いた。

「僕です」

啓さんが手をあげた。

5

花の句の次は、陽一さんの「卒業してもまた会えるかな」が付いて、裏が終了。名残の表にはいった。一句目は裏から引き続き、春の句になる。ここでは萌さんの「念力でゴンズイ玉を散らしたい」が付いた。

「ゴンズイ玉ってなんですか?」

蛍さんが訊いた。

「魚です。ナマズの仲間で、身体に縞がある……。磯で見かけるのは稚魚が多くて、たくさん集まって塊を作る習性があるんです。それをゴンズイ玉っていうんですよ」

萌さんが答える。

「棘に毒があるんですよね。でも、棘を取って調理すれば食べられる。ちょっと鰻《うなぎ》に似ていて、おいしいらしいですよ」

啓さんが言った。

「そうなんですか。こう、もにょもにょっと集まってるのを見ると、ざわあってするんですよ」

「なるほど、それで念力で散らしたい、ってことなんですね」

蛍さんが納得したようにうなずいた。

その次は久子さんの「紋白蝶《もんしろちょう》がいつまでも飛ぶ」が付いた。

「これもちょっと怖いわねぇ。紋白蝶は可愛いけど『いつまでも』ってところが」

桂子さんが言った。

「前にそういう夢を見たんですよ。紋白蝶がたくさん出てくる夢で」

久子さんが答える。

「蝶もたくさんいると怖いですよね。蝶が人を襲うことなんてないはずなのに、群れになるとなんでも怖い。本能みたいなものなんでしょうかね」

萌さんが笑った。

「さて、じゃあ、そろそろ春を離れましょうか」

航人さんがそう言うと、陽一さんがさっと短冊を出した。

「へえ、これはおもしろいですね。ここはこちらにしましょう」

航人さんが蒼子さんに短冊を渡す。

ばあちゃんの日記帳には嘘がある　陽一

「え、おもしろーい」

萌さんが笑った。

「なんだか謎がありそうで、いいですね。ミステリーがはじまりそう」

蒼子さんも微笑む。

「あ、じゃあ、次、これはどうでしょうか」

蛍さんも短冊を出した。

「いいですね、ではこちらで」

航人さんが続けて短冊を渡した。

あなたはどなた、と首をかしげて　蛍

「このふたつで物語みたいになってますね」

直也さんがうなる。
「そうですね、忘れてしまっているところが切ない。嘘があるんだけど、本人もも
う思い出せない、みたいな……」
萌さんが深くうなずいた。
航人さんがこのあたりで一度冬の句を入れましょうと言い、桂子さんの「新雪に
柴犬をまず解き放つ」、続いて久子さんの「のしのし熊の仔は生きていく」が付い
た。それから雑に戻って、もう一度桂子さんの「文様は渦の形をしてをりぬ」、萌
さんの「遮光器土偶《しゃこうきどぐう》ぐらい不機嫌」、わたしの「テスト前部屋の掃除がはかどって」、
啓さんの「タンスの奥に冒険が待つ」がたんたんと付いた。
「子どものころはよくタンスのなかで遊びましたよねえ。わけのわからないものが
詰まっているのもいいし、あそこから別の世界に行けるような気がして」
陽一さんが笑った。
「扉から別の世界に行くっていうのは、ファンタジーの王道ですよね」
蒼子さんがうなずいた。
「さて、じゃあ、次は月です。秋の月をお願いします」
航人さんに言われ、みなペンを握る。あちこちからさらさらと句を書く音が聞こ
えてくる。わたしはタンスの冒険から思いついて「けんけんぱして振り向けば君と

月」という句を出した。

誰も居ぬ部屋に差し込む月の影
先をゆくじさまの影を伸ばす月
大門をくぐる三日月照る中を
月の下アメイジング・グレイス歌う
山々に取り囲まれて月の里
けんけんぱして振り向けば君と月

「『誰も居ぬ部屋に差し込む月の影』は、部屋の主が冒険に出てしまったからだれもいない、という感じでしょうか。おもしろいけど、ちょっと付きすぎかなあ。『じさま』は同じ名残の表に『ばあちゃん』がありますね。『大門』と『アメイジング・グレイス』は自の句ですから、ここでは取れない」

「自の句……。そうでした」

蛍さんがしまった、という表情になる。

「となると、『月の里』か『けんけんぱ』のどちらかとなりますが、ここは『けんけんぱ』にしましょう。振り向いたら月がある、という動きにおもしろみがあります。これはどなた？」

「はい、わたしです」

わたしはそっと手をあげた。

蒼子さんの「台風の夜の当直の医師」が付き、名残の表が終わった。

次からは名残の裏。名残の表から引き続き秋ではじまる。久子さんの「紅葉狩りに兄は出かけて戻らない」、桂子さんの「『秋刀魚《さんま》は何尾買う』とふ電話」が続けて付いた。

「この付け合いも物語を感じますね」

直也さんが言った。

「『紅葉狩り』の句は神隠しのような雰囲気があります。『秋刀魚』の句は兄の最後の電話のようにも取れるし、神隠しにあったはずの兄から電話がかかってきた、とも取れる」

「すみません、『秋刀魚』の句の『とふ』ってなんですか？」

萌さんが訊いた。わたしも気になっていたところだった。

「『とふ』は『とう』って読むのよ。『という』の意味。もっとむかしは『てふ』って書いて、『ちょう』って読んでた」

桂子さんが言った。

「あ、『衣ほすてふ天《あま》の香具山《かぐやま》』の『てふ』ですか？」

百人一首の持統《じとう》天皇の句を思い出して訊いた。「春すぎて夏来にけらし白妙の衣ほすてふ天の香具山」である。

「そうそう。あれも『衣を干すという』っていう伝聞の意味でしょう？　ここは、『秋刀魚は何尾買う？』という電話、ってこと」

なるほど、「衣ほすてふ」とはそういう意味だったのか。これもまた音だけで覚えていた。子どものころは「衣ほすちょう」と読むのに、札には「てふ」と書いてあるのが不思議だと思っていた。

「さて、残り少なくなってきましたね。そろそろ秋を離れましょうか」

航人さんが言った。ここまで来ればあとは四句。終わりから二句目は花の座で、最後は春で終わる。

次は陽一さんの雑の句「荒くれの船乗りたちと酌み交わす」が付き、続いて蛍さんの「会社さぼってぶらんこをこぐ」が付いた。ここはまだ季節なしでも良いが、ぶらんこという春の季語のはいった句になった。

「『会社さぼってぶらんこをこぐ』って、何気ないけどいい句ですね」

蒼子さんが言った。

「生きづらさ、行き場のなさみたいなものが漂ってるんですよね」

直也さんがうなずく。

そういえば、祖母が「堅香子」で最初に冬星さんに取ってもらったのもぶらんこの句だと言っていた。「むかし遊んだぶらんこに乗る」という句だ。子どもが大きくなってから、子どもが小さかったころいっしょに遊んだぶらんこにひとりで乗ったときのことを詠んだものだ。

祖母は、読んだ人はみな、成長した子どもが自分が小さかったころに遊んだぶらんこに乗る句と捉えるだろうと思っていた。だが、堅香子の宗匠《そうしょう》の冬星さんは、「これは子どもが巣立ったあとのお母さんの句ですね」と言い当てた。

祖母はその句を詠んだときのことを思い出して、あのころは子どもが巣立ってさびしい気持ちになった時期だった、と言っていた。子どもが成長して自分のもとを離れ、自分の人生も終わりに近づいていることを悟る。

そういう時期に乗るぶらんこ。そのさびしさを読み取ってもらったのがうれしくて、祖母は堅香子に通うようになったのだ。

祖母と話したときはわかったようなわからないような気持ちだったが、いま考えるとその切なさが胸に迫ってくる。きっとそれは、ここで自分よりずっと年上の人たちといっしょに連句を巻くようになったからだ。

「そうしたら、次はいよいよ花ですね。最後ですから、いい花を咲かせましょう」

航人さんが言った。

花。ここに来るたびに毎回月をあげ、花を咲かせる。同じメンバーで何度もくりかえしてきたことなのに、そのたびあたらしい花が咲く。不思議なことだと思うが、人の心がそれだけたくさんのものを抱いているということだ。

花か。どういう花がいいかなあ。祖母の笑顔が頭に浮かんだが、名残の表にばあちゃんの句があったから、祖母の句じゃない方がいいだろう。

お菓子ならいいかな。連句大会の前に桂子さんに言われた「お菓子番は、裏の番頭さんみたいなものだから」という言葉を思い出した。

わたしがここにやってきたのは、お菓子を持っていってくれ、という祖母のメモのおかげ。お菓子はここに来るための切符みたいなものだった。祖母がその切符をわたしに残してくれたのだ。だからいまわたしはここにいる。

航人さんは去年、祖母のお墓参りの席で、いまひとつばたごがあるのは祖母のおかげだと言っていた。冬星さんの一周忌の連句会に出たあと、航人さんは連句をやめるつもりでいた。だが、祖母が何度も手紙を書いて、航人さんは連句を続けると決意した。そうしてできたのがひとつばたごだ。

祖母は自分をひとつばたごのお菓子番だと言っていた。自分は句は上手に作れないが、お菓子選びはできる、と。

ひとつばたごに通うようになって、ここで祖母がしていたことを知るようになり、祖母がしていたのはお菓子を持っていくことだけじゃない、といまはわかる。お菓子は人と人をつなぐもの。祖母はそのことを大事にしていたんだろう、と思う。お菓子、つなぐ、切符……。短冊を見つめ、浮かんだ言葉を五七五の形にまとめていく。

渡された菓子を切符に花の席

航人さんの前にはもうすでにたくさんの短冊がならんでいた。花が咲くように文字が咲いている。ならんだ短冊の横に、自分の短冊をそっと置いた。

合羽着て花と雨とを撮りに行く
自転車で花のトンネル通り抜け
骨董屋の庭先でのむ花見酒
墓石に花びらひとつ残りゐて
魂を抱えて花の盛りまで
旅立ちは花とわたしで決めたこと

　渡された菓子を切符に花の席

　ほかの句をながめながら「旅立ちは花とわたしで決めたこと」の句にどきんとした。強い決意のようなものを感じて、心がふるえる。

「どれも素敵ですね」

　航人さんの声がした。

「とくに『渡された菓子を切符に花の席』と『旅立ちは花とわたしで決めたこと』で迷いましたが、今回は『旅立ち』の句にしたいと思います」

「旅立ちの句、素敵ですね」

　思わず声が出た。

「前のぶらんこの句と相まって、さびしさもある。あかるさとさびしさが同居しているところがいいですね」

　直也さんが言った。

「『渡された菓子』の句もいい句なんですよね。菓子が切符だというのがおもしろいですし。ただ、打越で船乗りと酌み交わしているでしょう？　花見の席だと少し被る感じがします」

　航人さんが言った。

「でも、こっちもいい句よねぇ」

桂子さんが言った。

「障りがあって取れないときって、ほんと悔しいのよね」

「菓子の句はわたしの句なんですが、でも、旅立ちの句、とても素敵だと思います。この句を見たとき、この座にいてよかった、とすごく感じて」

そこまで言って、この気持ちをどう表現したらよいかわからなくなった。

自分の句が認められるのはうれしいことだが、同じ流れのなかでほかの人が作った素晴らしい句に出合うと、ほかの人の句なのにうれしくなる。スポーツの競技でチームのメンバーが得点したときの喜びみたいなものだろうか。

「『花とわたしで決める』というのがあたらしいというか……。旅に向かっていく決意がすごく繊細に捉えられている」

航人さんがうなずく。

「すみません、『花とわたし』というのは自他半じゃないんでしょうか？　打越の船乗りの句も自他半なんですが」

蛍さんが首をかしげる。

「花は人間じゃないので、ここは人間はわたししかいません。だから自の句です」

「あ、そうか」

「花を人に見立てても、猫やペンギンと会話しても、人間じゃないってことですよね。ドラえもんはロボットだし、鬼太郎は妖怪だからそれも人間じゃない……？」

久子さんが訊く。

「そうですね、残念ながら。神、悪魔、幽霊、妖精、妖怪、どれも人じゃない」

航人さんが笑った。

「宇宙人はどうですか？」

直也さんが訊いた。

「え、宇宙人……？　それは、むずかしいですね」

航人さんが答えに詰まった。

「芭蕉さんの時代には宇宙人っていう考え方はなかったから……」

「そうでもないですよ。たとえばかぐや姫はどうですか？　かぐや姫は月の世界の住人だから、宇宙人でしょう？」

直也さんがにまっと笑う。

「たしかに。それはどうなるんだろうなあ。日本神話やギリシア神話の神さまも神だから人じゃないけど、かぐや姫はどうだっただろう」

航人さんが困った、という表情で天井を見あげた。

「それはちょっと宿題にさせてください」

しばらく考えてからそう言った。その言葉に、みんな笑った。

「旅立ちの句、これはどなたの句ですか」

「はい、わたしです」

萌さんが背筋を伸ばす。

「ちょっと『魔女の宅急便』みたいですね」

蛍さんが萌さんを見る。

「あ、ほんとですね」

萌さんが笑った。

挙句もいろいろな句がならんだが、直也さんの「復活祭の卵あざやか」が付いた。

旅立つ人の過去ではなく、これからのにぎわいを詠みたかったんです、と直也さんは言った。


巻き終わったところで、啓さんはお母さまの介護のために帰っていった。ヘルパーさんを頼んでいるが、夜は帰ってしまう。だからそれまでに戻らなければいけないらしい。

「ほんとは二次会にも出たいんですが……。ここで失礼します」

そう言って、部屋を出ていった。いつかゆっくり短歌の話を聞いてみたい。でも、そう言えば負担になってしまうだろう。なにも言わずにうしろ姿を見送った。

「タイトルはどうしましょうか」

航人さんが言った。

「発句の『寺の町』？　『父さんに似た人』や『花とわたし』もいいですよね」

直也さんがホワイトボードを見ながら言った。

「裏の花の『隠れたものがたり』も素敵ですよね」

久子さんが言った。

「そうですね、この巻はあちこちに物語が隠れている巻だったような気がします」

陽一さんがうなずく。

「たしかに。父さんに似た人、硝子戸の破片、ばあちゃんの日記帳はミステリータッチだし、蚊遣火や紅葉狩りのあたりはホラーっぽい雰囲気があったり」

蒼子さんが微笑む。

「タンスの奥の冒険はファンタジーですよね」

蛍さんが言った。

「連句はそういうおもしろさもありますよね。映画のワンシーンがチラッと見えて、すぐに画面が切り替わってしまう、みたいな」

陽一さんの言葉に、みんなうなずく。

「どのワンシーンも深追いしないんですよね。でも、だからこそその先がどうなったのか気になる。映画の予告編が続いてる感じでしょうか」

直也さんが笑った。

「気になるものはいろいろありますが、挙句の『復活祭の卵』はどうでしょう」

航人さんが言った。

「卵は復活の象徴。人の心は何度でも生まれ変わるのよね」

桂子さんがうなずいた。

航人さんと森原さんのこと。トークイベントや連句の大会のこと、きりん座の人たちと出会ったこと。生きているかぎり、あたらしいことと出合う。一歩踏み出せば、失敗するかもしれない。苦い想いをするかもしれない。後悔するかもしれない。

でも、踏み出さなければなにもはじまらない。

祖母がくれた切符を胸に、自分なりに進んでいこうと思った。

歌仙「復活祭の卵」　捌・草野航人

光る風に深呼吸して寺の町　啓
　階段坂を包む春の香　一葉
ゆふぐれの若布は水にふくらみて　久子
　お皿並べて待つだけの子ら　萌
天窓を開け満月を招きをり　桂子
　森をゆさぶるひぐらしの声　直也
団栗と臭木で染めた絹の糸　蒼子
　三つ編み少女が文庫本読む　蛍
後出しで負けてふたりで買い出しへ　萌
　父さんに似たひとだけが好き　陽一
硝子戸の破片は空を映したり　桂子
　寝台列車を追う夏の月　蒼子
蚊遣火をしずかに運び夜が来る　久子
　ハデスの像と向き合って立つ　直也
円形の広場で踊るピエロたち　蒼子

砂糖ふわりと溶ける珈琲　一葉
はなびらの下に隠れたものがたり　啓
卒業してもまた会えるかな　陽一
念力でゴンズイ玉を散らしたい　萌
紋白蝶がいつまでも飛ぶ　久子
ばあちゃんの日記帳には嘘がある　陽一
あなたはどなた、と首をかしげて　蛍
新雪に柴犬をまず解き放つ　桂子
のしのし熊の仔は生きていく　久子
文様は渦の形をしてをりぬ　桂子
遮光器土偶ぐらい不機嫌　萌
テスト前部屋の掃除がはかどって　一葉
タンスの奥に冒険が待つ　啓
けんけんぱして振り向けば君と月　一葉
台風の夜の当直の医師　蒼子
紅葉狩りに兄は出かけて戻らない　久子
「秋刀魚は何尾買う」とふ電話　桂子

荒くれの船乗りたちと酌み交わす　陽一
会社さぼってぶらんこをこぐ　蛍
旅立ちは花とわたしで決めたこと　萌
復活祭の卵あざやか　直也

六話「復活祭の卵」に登場する歌仙は、東直子さん、千葉聡さん、三辺律子さん、千倉由穂さん、ヤンコロガシさん、江口穣さん、四葩ナヲコさん、長尾早苗さん、長谷部智恵さんと巻いた歌仙を一部変更したものです。ご協力に深く感謝いたします。

本作品は、当文庫のための書き下ろしです。
なお、本作品はフィクションであり、登場する人物・団体は実在の個人および団体等とは一切関係ありません。

ほしおさなえ

1964年東京都生まれ。作家・詩人。1995年『影をめくるとき』が第38回群像新人文学賞優秀作受賞。2016年『活版印刷三日月堂　星たちの栞』が第5回静岡書店大賞を受賞。主な作品に、ベストセラーとなった「活版印刷三日月堂」シリーズのほか「菓子屋横丁月光荘」「紙屋ふじさき記念館」「ものだま探偵団」シリーズ、『三ノ池植物園標本室』(上下巻)、『金継ぎの家　あたたかなしずくたち』、『東京のぼる坂くだる坂』など多数がある。

だいわ文庫

言葉《ことば》の園《その》のお菓子《かし》番《ばん》　復活祭《ふっかつさい》の卵《たまご》

著者　ほしおさなえ

二〇二三年九月一五日第一刷発行

発行者　佐藤靖
発行所　大和《だいわ》書房
東京都文京区関口一―三三―四　〒一一二―〇〇一四
電話　〇三―三二〇三―四五一一

フォーマットデザイン　鈴木成一デザイン室
本文デザイン　田中久子
本文イラスト　青井秋
本文印刷　信毎書籍印刷
カバー印刷　山一印刷
製本　小泉製本

ISBN978-4-479-32068-5
乱丁本・落丁本はお取り替えいたします。
https://www.daiwashobo.co.jp